U0353062

课本里的大作家

一诺千金

秦文君 著

北京理工大学出版社
BEIJING INSTITUTE OF TECHNOLOGY PRESS

目 录

一诺千金

　　诚挚、严谨的人，做人做事自然磊落、落地生根，一言既出，驷马难追。那种准则的含义已超出了本身，而带着光彩的人类理想、精神和正气在其中。

我做女孩子时曾遇上一个男生开口向我借钱，而且张口就是借两元钱。在当时，这相当于我两个月的零花钱。我有些犹豫，因为人人都知道那个男生家很贫穷。他母亲几乎每年都给他生一个弟弟或妹妹。她留给大家的印象不外乎两种：一种是腹部隆起，行走蹒跚；另一种是刚生产完毕，头上扎着布条，抱着新生婴儿坐在家门口晒太阳。

　　我的为难令那男生难堪，他低下头，说那钱有急用，又说保证五天内归还。我不知道怎么来拒绝他，只得把钱借给了他。

　　时间一天一天过去，到了第五天，男生竟没来上学。整个白天，我都在心里责怪他，骂他不守信用，恍恍惚惚的，总想哭上一通。

　　夜里快要睡觉时，忽然听到窗外有人叫我，打开窗，只见窗外站着那个男生。他脸上淌着汗，手紧紧攥着拳头，哑着喉咙说："看我变戏法！"他把拳头搁在窗台上，然后突然松开，手心里像开了花似的展开了两元钱的纸币。我惊喜地叫起来，他也快活地笑了，仿佛我们共同办成了一件事，让一块悬着的石头落了地。他反复说："我是从旱桥奔过来的。"

　　后来才知道，他当时借钱是急着给患低血糖的母亲买葡萄糖，

为了如期归还，他天天夜里到北站附近的旱桥下帮菜家推菜。到了第五天拂晓，他终于攒足了两元钱，乏极了，便倒在桥洞下睡着了，没料到竟酣睡了一个白天和黄昏。醒来后，他就开始狂奔，所有的路人都猜不透这个少年为何十万火急地穿行在夜色中。

那是我和那男生的唯一的一次交往，但他给我留下的震撼却是长久和深切的。以后再看到"优秀""守信用"之类的字眼，总会联想到他，因为他身上奔腾着一种感人的一诺千金的严谨。

那个男生后来果然成就了一番事业，也许他早已忘了这件事，可我总觉得那是他走向成功的源头。

一诺千金，看来只是一种作风，一种实在，一种牢靠，可它的内涵涉及对世界是否郑重。诚挚、严谨的人，做人做事自然磊落、落地生根，一言既出，驷马难追。那种准则的含义已超出了本身，而带着光彩的人类理想、精神和正气在其中。

然而处在大千世界，有着太多随意许诺却从不兑现的人。那种人较一诺千金的人似乎活得轻松。可惜，这种情景不会长久，一个人失信多了，他的诺言也就被当成戏言，大打折扣，全面降价。且不说别人会怎样看轻他，就是他自己，那种无聊、倦怠都会渐渐袭上心。人一沾上那种潦倒的气味，做人的光彩就会大为逊色。

去年秋天的一个傍晚，天降大雨，那是一场罕见的倾盆大雨，我打着伞去车站接一个朋友，我们约定，风雨无阻。我在车站久等也没见朋友露面，倒是看到一个少年，没带伞，抱着肩瑟瑟地站在站牌边守候。我把伞伸过去，他感激地说谢谢，告诉我说，他也是在这儿等一个朋友。车一辆辆开过，雨在伞边上形成一道道雨帘，天地间白茫茫的，怎么也不见我们所盼望的人。我对少年说，他们也许不会来了，可少年固执地摇摇头。又来了一辆车，突然，车上跳下一个少年，无比欢欣地叫了一声，伞下的少年一下蹿了出去，两个人热烈地击掌问候，那份快乐是如此坦荡无愧，相互的欣赏流淌在那一击中，让目睹那画面的我感到一种灵魂的升华。

我终于没能等到属于我的那份欣喜，我失望而归，却在家里接到朋友的电话。她说雨实在太大，所以……我想说，当时约定时为何要说风雨无阻，完全可以说大雨取消。既然已说了风雨无阻，区区风雨又何足畏惧。不过，我什么也没有说，只是轻轻地挂断了电话。因为对于并不怎么看重诺言的人，她会找出一千条为自己开脱的理由，而我，更愿腾出时间想想那两个相会在暴雨中的少年。

老房子

不过我并不懊恼，花园里年年、季季都有花朵，我想不必心急，先让蝴蝶和蜜蜂听花开的声音。等我学会静心，再过来倾听也不迟。

童年时，我们全家住在南昌路，那条路雅致，弯曲向前。我家住在一幢老房子里，房子造了像有100年了，偌大的客厅里有罗马柱，看着能开舞会，那年代没人有闲情，客厅最终成了阔气的厨房。

我家住底楼的西厢房，以前住了一个富有的姨太太，她手头有大量的字画、金条、古董。上海解放前夕，她神秘出逃，据说那些细软都没有带走，人们推测，姨太太的财富就藏在我们住的西厢房的地板下、壁橱里。

这虚无的宝藏我至今没有见过，但是童年的心很微妙，这些有关宝藏的说法，令我遐想，做了无数个找宝的梦。后来父亲专门买了不少找宝的故事书送我，成了我的启蒙读物，日后才慢慢有了日积月累的阅读延伸。

那时一周只放假一天，父亲每到周日下午都领我走出老房子，去见紫藤。

紫藤是爸爸同事的女儿，家里有一台钢琴，打开通阳台的落地窗，劲风和着美乐，有一种身处仙境的通畅，而且，她很美，多才多艺，画什么都活灵活现的，特别擅长的当然是弹钢琴。

我去紫藤家，起初是东看看西摸摸，只是心急火燎地等紫藤

练完琴，然后快乐地玩办家家。

会弹琴的紫藤玩办家家时，从不肯演强盗和坏人。如果一定要她演，她情愿不玩，独自听曲子就能听很久，音乐仿佛有光环的，让她有了那样沉着的傲气。

父亲一直念叨紫藤的名字脱俗、清丽，有意象，夸赞她的琴声美妙。

我渐渐地走近紫藤和她的琴声，虽然对音乐的领悟远远没有她那么完美。每次听紫藤练完琴，我会忘记不快乐的情绪，紧紧地拉着父亲的手，说："真好听呢。"

我感受到一点来自音乐的魅力，也隐约明白父亲欣赏的小孩是什么样的。

父亲还让紫藤和我一起读书。紫藤叙述事件、人事，从来不会串起来，没有表达不清的。我不想比紫藤差，所以紫藤看书，我也看，紫藤说一段书里的故事，我就说两段。这样，紫藤和我都进步很快。

老房子后面有一个花园。父亲每天清晨准时起床，戴一顶草

帽，在那里除草、浇水、嫁接，还自备铲子、水壶、锯子、灭虫的喷桶等各种工具，不知情的人以为他就是花匠。

父亲种枇杷树、石榴树，还有美人蕉和向日葵，还带我一起种过蓖麻和丝瓜。他还有很多盆栽，葱葱郁郁的，晴朗的日子，他把植物端到露天去，天气变差了，再把他的宝贝盆栽搬回室内。他养过扑鼻香的鲜花，也种出过一株结了 100 多颗黄澄澄、亮晶晶的小果子的金橘树。

他骄傲地说，知道最美妙的天籁之音是什么吗？是花的精灵在弹琴。于是我悄悄地去花园，守在一株即将开放的花边上，静静等着花苞开放。

花迟迟不开，花苞像害羞的新娘子，忐忑着，迟疑着，想背着人，不让人瞧见真容。

父亲叮嘱我："也许一些花喜欢在深夜幽幽地开，也有的花喜欢在白天热烈地开，你想听到真正的花语，要学会等待。"

我守候在边上，才感觉等待两个字的分量。这个世界吸引我们的乐趣无时不在，有时去看被油漆成邮筒颜色的鸽子屋，有时去追一只花蝴蝶，往往一转身，花儿飞快地开放了。不过我并不懊恼，花园里年年、季季都有花朵，我想不必心急，先让蝴蝶和蜜蜂听花开的声音。等我学会静心，再过来倾听也不迟。

可是有一天，老房子拆掉了，物是人非，花园被夷为平地，一朵即将开放的花也没了，只留下无限快乐或伤感的回忆，还有我和花朵曾有过的悄悄的约定。

过去的美味

那些过去的记忆仍是很独特，单纯深切的回忆里加上点酸楚凄凉，就成了有分量的感情，一想，就成了百感交集。

人的胃其实是个老顽固，接纳什么，排斥什么，怎么吃得舒服、心定神清，怎么吃横竖不舒坦，它往往不肯通融。毕竟，一个人从婴儿起，只要开始进食"人间烟火"，胃就被缔造了，从饮食与秉性的神秘关联来说，厨房还是个育人的基地。

厨房最能显出家常的生活气息，锅台炉灶，瓶瓶罐罐，仿佛定下琐碎、实在、温情的调子。这便是过日子的姿态，慢慢地磨磨时光去吧。

冬天更诱人些，厨房里热乎乎的，细心的人能闻到谷物过冬时香甜焦燥的气息。小时候感觉冷了就爱去厨房，走进去仿佛扎进一个温暖的怀抱，心定定地，松下来了。在那儿常捞到意外的收益，那就是听做活的大人说家常话，说些风土人情、年节俗礼、家庭成员的一些陈芝麻烂谷子的事。随着锅铲的翻搅，随着剁肉的敦实节奏，孩子晓得了些人生的侧面，一些课堂上讲不透的厚重社会的鲜活流向。有了这点蛛丝马迹，仿佛能摸出线头去明白许多事理。如今，这种上一代人对下一代人口头承接相传的传统仿佛已不时兴了。

当时正是物质贫匮的年代，厨房内的可餐食物除了水和空气不定量，无数东西却是凭票限量供应：买粮食要粮票，买糖凭糖票，买蛋要蛋票，买家禽又是另一种画着鸡鸭的票。肉另有肉票，鱼有鱼票，反正都是凭票定量供应。那些票证分什么大户和小户。那时的"大户"用意朴实，并非俗指财力，就是指人丁兴旺，五口人以上就能傲称大户了。即便是凭票，为了买到点像样的鱼，还得一早出动。我记得曾跟儿时的伙伴，每人一只竹篮，连夜到淮海路上的代销店门口排队，一边数着星星想心事，一边等着天色一点一点亮起来。这样买回去的大鱼，能吃出稀罕来，一鱼几种吃法：鱼头熬汤，鱼尾红烧，鱼身子做成鱼鲞，留着过节时做

待客佳肴，有时连大片的鱼鳞还不忍舍弃，用棉线穿起来放在鱼汤里熬出点鱼油的鲜香来。

有几次排队晚了，买回来的是些极细的1角5分一斤的带鱼，像现在猫吃的那种似的。不过也有妙法，将其去头尾，焖蒸得酥烂，添上美味的调料，浇上油，然后在铁锅里翻炒，直至其变成香酥的鱼松。

仿佛，小孩很坚强，缺少吃食并不能真正剥夺孩子的快乐。那时，我们时常能和大人一起想方设法创造生活乐趣，适当地款待自己。有时市面上弄不到鲜鸡蛋，只有一坨一坨的冰蛋，一袋一袋干巴巴的蛋黄粉，单单用这些差劲的蛋品，我们也能放进些榨出的茄汁，添加生粉、发酵粉、醋、味精、无数细姜丝，以及切成小丁的熟猪肉膘，炒出与蟹肉相差无几的菜肴来。当时也自制点心，只要用面粉、白糖、熟板油三样就能像魔板一样翻出无数花样：炸巧果，炸糖糕，做又香又焦的炒麦粉。有时干脆就买发酵粉自制高庄馒头，蒸得暄暄的，把它们切片后，一层热板油，

一层白糖，恶狠狠地甜，早上吃过，一上午都能从嘴里咂出甜味。当时，小孩吃这些粗放的食品还活蹦乱跳，无意中应了中医的说法：水谷乃人体精气之源。那年弟弟病恹恹的，只要饭桌上有猪肉吃，我们会把自己的一份省给他，看着他吃下去就放心了，感觉一个能一口气吃下好多块猪肉的人，一定健康无忧。这评判健康的原始标准就那么斩钉截铁。

过年过节，更是因陋就简，翻出无尽的花样，让普通的吃食变得美味可口。把精选的圆粒糯米泡软磨成水磨粉蒸糕，还用干盐炒长生果、瓜子。有一种叫解放瓜的瓜子，小得像臭虫，炒的时候加盐又喷糖水，还做成奶油味的。嗑起这种瓜子非要有一张巧嘴，才能嗑出其中的那一点点肉来，否则吃这样的瓜子是一种折磨，只有干嚼硬咽的分。

幼时的我有时爱躲在厨房一角做纸上宴，即把心里想要的山珍海味记在纸张上，想象它已经出现在碗橱里。那时可着心想又能想出多少美味，见也没见过多少啊。竭力想出的美味现在仍记得很真切，总之用过心思的东西，不会一边记，一边就把痕迹抹擦了。纸上宴里有叉烧、风干荸荠、酱油笋脯、鸡仔饼、乐口福、大个的风鸡，还有麦芽糖，贪着心在纸上画了很大很大一罐。

那些过去的记忆仍是很独特，单纯深切的回忆里加上点酸楚凄凉，就成了有分量的感情，一想，就成了百感交集。其实在平时的日子也好，过年过节也罢，一家老小挤在厨房里共同劳作，手与手相碰，彼此齐着心，眼神交流里含有爱意，这些温暖的生活场景才是儿时最贪恋的美味。

伴我成长的淮海路

淮海路上的人流是快乐的。据说一些有心事的人，会绕路而行，仿佛淮海路的气氛是隆重而热闹的。

算起来，淮海路最早开通于 1901 年，有 100 多年的历史。在众人的眼睛里，它是上海最繁华的马路，和南京路齐名，而在我的心里，这条路曾给我无数教化和灵感，是伴随我成长的、最割舍不下的地方。

　　3 岁时，我家搬到淮海中路附近的南昌路，一口气住了 30 年。五六十年代，日子清贫，但淮海路始终是全上海公认的最摩登、最有"腔调"的，是枯燥生活无法掩埋的时尚之源，总会有一种华丽生活的痕迹。一些好看的有设计感的橱窗，好比不收门票的上海风情展示会。

　　8 岁之前，我对近在咫尺的淮海路有点漠然，心思顾不到宏大的地方。那个年代，大都是多子女家庭，放羊式的管教，我四五岁就能跟着七八岁的伙伴出门作随心的游玩，那时候小孩醉心于花草、鱼虫。我心系复兴公园，那里一度成为我捉强盗、扮演花木兰、施展想象的乐园。

　　第一次被淮海路吸引，是 8 岁和小伙伴玩抓人游戏，误入"淮国旧"，当时这家旧货商店闻名于世。店堂长，通到后面的长乐路。我进去后迷路了，像是进了阿里巴巴的宝库。寄售大厅里的旧衣服、银首饰、北方大漠的皮草、雕花的船形的红木大床、有异国情调的玩具，各种稀奇的玩意让我目不暇接，感觉摆放着的好东西代表着全世界，都在向我招手。

我学会去找各家商店的奇妙，淮海路上的"培丽"虽说是卖酱菜、咸肉、霉麸等南北货，但能看到不同地方的生活。有一种叫"春不老"的吃食，名称令人心动，流连忘返，吃了才知是苏州出的萝卜干，混有菜叶干和一点芝麻。还有一种奇怪的糟蛋，我攒钱去买，吃了后双脚跳。童年最爱那里自产的酱辣椒，百吃不厌，绿色辣椒经过腌制后，疲软了，辣味不强劲，演化成柔和微妙的香味。那时最奢侈的早餐是一根油条、两只酱辣椒、一碗泡饭，齿间留香，堪称绝配。

也喜欢去淮海路上的"老胡开文"买文具，店里的文房四宝

让我向往气派和有文化神韵的生活。走回来时，会在"青鸟照相店"看橱窗里漂亮姐姐的样照。我在青鸟拍过 10 周岁生日的小方照，11 周岁时拍的是中规中矩的带花边的照片，摄影师拿个皮球逗我笑，然后钻进黑布"咔嚓"一下按下快门。12 周岁生日的那年，有追时尚的模糊感觉，精心学灿烂的样照，往成熟方向打扮，拍了流行一时的"咪咪照"。照片超小，面目难辨，连母亲都不信照片里忸怩作态的人是我。

淮海电影院我爱去，尽管放映的电影受时代局限，仿佛战争题材的居多：《小兵张嘎》《平原游击队》《地道战》《野火春风斗古城》。

中学就近入学，学校就在淮海路上，上午上学、放学，中午回家吃饭，下午又上学、放学，一天在淮海路上走四遍。学校斜对面就是长春食品店，口袋里拿得出钱，就会买几只拷扁橄榄，或一小包苔条梗、橘红糕，长身体的时候，吃下美味，脑海里会出现兴奋和快乐的幻影。

往前走几步，淮海电影院对面有一家做生煎的饮食店，叫春江饮食店，生煎馒头没得话讲，牛肉汤一只鼎，蘸生煎的醋也特别好。后来我走了那么多地方，尝无数美味，那独特滋味却没有被替代。

淮海电影院隔壁的饮食店，柜台上摆着外卖的赤豆糕。赤豆糕是方形的，软糯，点缀着晶莹剔透的即化的猪油。堂吃的春卷脆脆的。菜肉大馄饨，青菜碧绿，皮子筋道。每次去吃，都保持同一水准，这让人肃然起敬。

　　我还喜欢高高的法国梧桐，喜欢附近幽静的思南路、复兴路、皋兰路等静雅之处，还有淮海路上贯通着各种各样的弄堂，在里面穿来穿去，发现住这里的人和颜悦色的多，沪语温和、安详，感觉他们即使没有历经沧桑，也是见识过大场面的明白人。

　　淮海路上的人流是快乐的。据说一些有心事的人，会绕路而行，仿佛淮海路的气氛是隆重而热闹的。我的记忆里有当年淮海路上的店员形象，在高大上的马路上，他们给顾客面子，除了关系和好，易于做成生意，还有对淮海路的自豪、见过大世面的宽容。

　　我成家后，一度搬离若干年，后来又在淮海西路住下。如今的淮海路和我记忆中金光闪闪的淮海路大为不同了，但始终不改的是，它对于我似有难言的魔力，承载着记忆和爱。

我们是一家人

　　我还和姓毛的孤女一起去小吃店，对面而坐，虽吃些简单的面食，但周围都是大人，所以感觉到能和成年人平起平坐，心里还是充满那种自由的快乐。

我进中学那年就开始盼望独立，甚至跟母亲提出要在大房间中隔出一方天地，安个门，并在门上贴一张"闲人免进"的字条。不用说，母亲坚决不同意，她最有力的话就是：我们是一家人。

　　当时，我在学校的交际圈不小，有位姓毛的圈内女生是个孤女，借居在婶婶家，但不在那儿搭伙，每月拿一笔救济金自己安排。我看她的那种单身生活很洒脱，常在小吃店买吃的，最主要是有一种自己做主的豪气，这正是我最向往的。

　　也许我叙说这一切时的表情刺痛了母亲的心，她怪我身在福中不知福。我说为何不让我试试呢？见母亲摇头，我很伤心，干脆静坐示威，饿了一顿。母亲那时对我怀了种复杂的情感，她认为我有叛逆倾向，所以也硬下心肠，准备让我碰壁，然后回心转意当个好女儿。

　　当晚，母亲改变初衷，答应让我分伙一个月。我把母亲给我的钱分成三十份，有了这个朴素的分配，我想就不会沦为挨饿者。

　　刚开始那几天，我感觉好极了，买些面包、红肠独自吃着，进餐时还铺上餐巾，捧一本书，就像一个独立的女孩。家人在饭桌上吃饭，不时地看我，而且，有了好菜，母亲也邀我去尝尝，但我一概婉拒，倒不是不领情，而是怕退一步，就会前功尽弃。

　　我还和姓毛的孤女一起去小吃店，对面而坐，虽吃些简单的面食，但周围都是大人，所以感觉到能和成年人平起平坐，心里还是充满那种自由的快乐。

　　这样当了半个来月单身贵族后，我忽然发现自己与家人没什么干系了，过去大家总在饭桌上说笑，现在，这些欢乐消失了，我仿佛只是个寄宿者。有时，我踏进家门，发现家人在饭桌上面面相觑，心里就会愣一愣，仿佛被抛弃了。

　　天气忽然冷下来，毛姓孤女患了重感冒，我也传染上了，我头昏脑涨，牙还疼个没完，出了校门就奔回家。

家人正在灯下聚首，饭桌上是热气腾腾的排骨汤。母亲并不知道我还饿着，只顾忙碌着。这时候，我的泪水掉下来，深深地感觉到与亲人有隔阂、怄气，是何等的凄楚。我翻着书，把书竖起来挡住家人的视线，咬着牙，悄悄地吞食书包里那个隔夜的面包，心想：无论如何得挨过这一个月。

可惜，事与愿违。因为一项特殊的事，离一个月还剩三天，我身无分文了。我想向那孤女朋友借，但她因为饥一顿、饱一顿，胃出了毛病，都没来学校。我只能向母亲开口借三天伙食费。可她对这一切保持沉默，只顾冷冷地看我。

被母亲拒绝是个周末。早晨我就断了炊，喝了点开水，中午时，感觉双膝发软。那时的周末，中午就放假了，我没有理由不回家，因为在街上闻到食物的香味，更觉得饥肠辘辘。推开房门，不由大吃一惊，母亲没去上班，正一碗一碗地往桌上端菜，家里香气四溢，仿佛要宴请什么贵宾。

母亲在我以往坐的位置上放一副筷子，示意我可以坐在桌上吃饭，我犹豫着，感觉到这样一来就成了可笑的话柄。母亲没有强拉，悄悄地递给我一个面包，说："你不愿意破例，就吃面包吧，只是别饿坏了。"

我接过面包，手无力地颤抖着，心里涌动着一种酸楚的感觉，不由想起母亲常说的：我们是一家人。那句话刻骨铭心，永世难忘。事后我才知道，母亲那天没心思上班，请假在家，要帮助她的孩子走出困境。

当晚，一家人又在灯下共进晚餐，与亲人同心同德，就如沐浴在阳光下，松弛而温暖。

如今，我早已真正另立门户，可我时常会走很远的路回到母亲身边。一家人围坐在灯下吃一顿饭，饭菜虽朴素，但心中充满温情，就因为我们是一家人，是一家人。

人长大后都是要独立的，可家和家人却是永远的大后方，永远的爱和永远的归宿。

岁月留痕

　　小时候的全家福中我只是个配角，有父母这两株大树撑着这个家，那时他们年轻而又温情，然而就那么一晃，父母就老迈了，再在全家福中出现时就是恍恍惚惚的老人了。

我搬过几次家，每次搬迁时我都随身背一只硕大的包，唯恐遗失。按一般的推理，那包中一定藏着金银细软，有人还认为本人家底殷实。其实，那包中装的是几本相册，里面夹着些旧照片，我总觉得它们是宝贝。

　　相册内有一帧我戴婴儿帽的照片，才一周岁，就是个乐观主义者，笑得欢天喜地；另一帧照片是念小学时照的，头发梳得光光的，一丝不苟，天真无邪；还有些照片是中学时代拍的，那时剪了头发要拍照留影，穿上新衣服也想拍张照。毕业时拍照拍疯了，四处与同学合影。可惜，当时那架海鸥相机的主人是第一次摆弄它，此人摄影技术差劲却胆大无比，拍起照片来手都不抖，理直气壮，只是照片拍得一看就是废品：焦距不准，笑容尴尬，闭着眼睛。

　　那些拍糟的照片当时就想毁掉，可撕自己的照片总是不忍下手，所以扔在一边，从不肯让外人看见。也不知过了多少年，偶然翻到它们，不由如获至宝：那些照片张张可爱，因为它们闪动着年轻的身影。

　　岁月已过了那么久，时光掳走了许多珍贵的情愫、心境；而照片却忠实地停留在过去的年代里，有了它们，返身去看过去，

能寻回些不该遗失的东西，比如真诚，比如单纯和善。

照片中最难以释怀的全家福。全家宁静友爱地厮守在一起，健康，不愁生计，这本来就是一种福分。小时候的全家福中我只是个配角，有父母这两株大树撑着这个家，那时他们年轻而又温

情，然而就那么一晃，父母就老迈了，再在全家福中出现时就是恍恍惚惚的老人了。

如今的全家福中我成了主要人物，扶老携幼的角色。然而我常常觉得岁月飞逝，人似乎还没来得及成熟就已经老了，简直太快了点。因而我常常建议全家合影，因为每一张的全家福中，亲人们都又聚一次，它记录下我们曾拥有的亲情。

我因而爱拍照片，与亲人合影，与朋友合影，在家里的每一个角落里留影，乐此不疲。拍得满意的照片选出来给现在，拍得不太满意的留给将来。所有的照片都是过去式，过去的东西更能让人追本溯源，经久难忘。等我老了后，摊开这些照片，就能忆起一段人生的历程，并且清楚，生命过去了多久。

特别值得一提的是，我所有拍得意气风发的照片几乎都是亲人为我拍的。小时候是父母；大一点是弟弟拍的；后来是丈夫来当摄影师；近来女儿大了，她拿起相机为我拍了几张，张张都有神采。而我的几位摄影师朋友却总也拍不出令我喜欢的个人照。不知是因为我特别看重亲人拍的照片，里面有亲情的因素，还是只有在亲人面前，我的面容乃至灵魂才能松弛、欢乐、神采焕发。

时光如水，而流不走的是生命的体验、各种记忆，以及爱过和恨过的情感，以及作为这一切见证的照片……

父爱无边

　　父亲是一个从不多话的人，他不喜欢侃侃而谈，很安静，他的生活方式和人际关系单纯得不可想象，像小河的流水一样天然、简单。

从五六岁起，父亲常常带我去看电影，有时是去大光明电影院，有时是去嵩山电影院或者淮海电影院。跟父亲进电影院是一件隆重的事情，我会细心地在辫梢上扎起蝴蝶结，穿上平时舍不得穿的小皮鞋，走路时还要小心地避开人群，生怕被鲁莽的人踩了一脚。我从小就珍惜和父亲在一起的时光，因为我很崇拜他。

在电影院里，父亲也不说什么多余的话，只是耐心地等前排的人来，随后把前面遮挡少的位置换给我，电影开场后他就由我跟随剧情走，从来不打断我的梦。

父亲是一个从不多话的人，他不喜欢侃侃而谈，很安静，他的生活方式和人际关系单纯得不可想象，像小河的流水一样天然、简单。他在任何情况下也不会失态、失礼，对外人这样，对家人也是如此。至于他为何会喜欢电影，他没有说过，也许是为了在电影里让梦想翱翔，也许是为了带爱女去见识艺术。他和我一起看战争片时是最沉默的，也许是那些场面勾起了他沉在心底的故事，他作为一个见识过战争、身经百战、大起大伏的人，看枪战搏杀一定会有特殊的感触。有时他带我看儿童片和故事片，也照样是从头看到尾有滋有味的，我猜不透为什么他的喜欢会和幼小时的我一样。

父亲领我进电影院，断断续续了很多年，从学龄前一直到我念完小学，然后才停止的。从此，我一直是电影狂热的追随者，这爱好将是伴随终生的。如今不仅是我，连我的女儿因为经常跟我去看电影，也成了一个超级忠实的又非常有见地的影迷。

父亲从不伤我的心，他是最看重我的人，从来都是，于是我从小就产生一个朴素的愿望，做什么都不能让父亲失望。亲情和爱往往是女孩们成长的动力之一，也是她们不误入歧途的力量来源。

记得刚进小学时，我曾很抗拒学校教育，不适应那里，喜欢无拘无束的自在生活，所以常常从学校偷跑出来，在屋子后面的花园里鼓捣一些别的事，比如舀一勺蜂蜜洒在地上，聚集起几百上千只蚂蚁，然后全部圈养起来。父亲劝我回归学校，把那些蚂

蚁都放了，说那样它们都高兴。他把这件事处理得轻描淡写。

我关注的第一本文学书，是父亲在阅读的《红岩》。当时书名上的字我还识不全，就念成了"红山石"，别人都笑了，而父亲微笑着说，大概的意思并没有错。后来我爱上了阅读，父亲问我书里的情景，我很乐于叙述事件、描绘人事，从来不会串起来，也从来没有表达不清的东西，父亲总是欣喜地倾听着，然后说："不错。"

我成长的过程一直是顺畅的，但是仍感受到父亲无所不在的担忧，那是天底下的父亲都有的通病，对自己的掌上明珠特别怜惜。我念中学时，他叮嘱我不要太腼腆，怕我因为内向而增加青春期的疼痛，鼓励我蜕变成心情稳定、遇事通透的人。

当我满 18 岁时，他叮嘱我不要在外面喝酒，说女孩就该这样，喝了酒后就不是原来那个理性的人了。每次我晚回家，父亲都会等在路灯昏暗的弄堂口。他放心不下我，但又必须尊重我的自由，他心里不安着，却不好意思明说，只说自己是跑出来抽烟、散步的。直到我满了 25 岁，他确认我成熟了，才慢慢地安心。

父亲早早看出我有文学方面的才华，他鼓励我写作、投稿，不要让时光溜掉，说找到了自己喜欢的事业，就好像有了顺达的轨道。他把我出版的书都留得好好的，听说报上可能有我的采访，就会跑到报亭去买，然后收集起来。有几次我的作品得奖是他先看到消息，马上告诉我呢。

在我结婚前夕，母亲在准备我的嫁妆，父亲帮不上忙，他对我说了关于婚姻的叮嘱，那叮嘱只有九个字：不要去责备你爱的人。

父爱是无法穷尽的，爱和责任让他洞察一切，他能看到生活隐隐的风霜。每当我感受到工作劳顿时，父亲都会说，不要太累、太辛苦了。

父亲在 2006 年 7 月被确诊为癌症晚期，我们怎么能失去父亲呢？无论是老了，还是年少，失去父亲，心里都会有做孤儿的凄凉感觉。有一次，父亲发现我在暗自伤心，就说，不要哭，不要难过，一切都会好的。

尔后，父亲历经了各种治疗，他没有说过一句软弱、不安、担忧的话，他还是把儿女当孩子看待，独自扛着一切。他诚实地活着，微笑着看人，看世事变迁。他那病重的生命没有走向虚无，而是更执着地去爱，更好地珍惜拥有的每一个白天与黑夜。

今年春节大年初一，全家聚餐，父亲微笑地说："这是我和你们的最后一次欢聚了，我想为你们唱一支歌。"父亲会唱的歌并不多，要么是军歌，要么是家乡的歌，那天，他特意说了几句充满家庭情趣的话。

父亲是微笑着去的。他让我给他去买《参考消息》，说着话，他一会儿微笑了，一会儿又微笑了。他说想休息一下，然后就平静地走了。

很多见过我父亲的人，或者相处过的人都说，你父亲真是一个难得的好人。父亲走的时候只带走了亲人的爱、朋友的思念，他养的花还在开放，他放飞的鸟还在那里飞翔，他还留下了对世界的明察，以及对人的信心，对生活的大善和大爱……

外乡人

　　秋天树叶发黄的时候，我家常常会收到包裹，包裹单上写父亲的名字。看着那些粗布缝起的包裹，我忽然有些伤感，父亲是家乡的游子。

上海是我的生息之地，十岁之前，我没有去过外埠，把对世界模糊的爱全部落定在这里。我喜欢附近的复兴公园，钟情于淮海路一条长街上的食品店和书店，也喜欢徒步穿过新城隍庙，步行到达大光明电影院。

有时出门也坐吊着小辫子的有轨电车，叮叮当当，不慌不忙地朝前。雨天的时候，傍晚的时候，坐有轨电车的话，会恍恍惚惚，

似梦非梦，仿佛漂浮在海浪之上。当时还有一种公共汽车，车顶加装了一个大大的黑色胶皮囊，鼓出很大一个包，据说是沼气汽车，供沼气的包，远看像上体育课的软垫，也许沼气包很重，拐弯的时候车子像一条受伤的大蛇，会有一番扭捏而惊险的盘旋。

母亲出生在上海，说一口纯正的上海话，她跟父亲聊天，语句里会冒出"阿拉上海哪能"之类的话。父亲来自外乡，在沂蒙山下长大的他，跟随新四军转战南下，结识了母亲后才决定留下，入上海户籍。

父亲是一家之主，但他的外乡习性并未影响这个家的主流。

母亲主持家政，家里雕花的三门大橱、五斗橱、茶几、"三五"牌台钟、景德镇餐具全部按她的喜好购置，窗前的帘子、床上的床幔也是素色小花的，透出一股洋气的审美和趣味，一看就是上海派。外婆统管全家"舌尖上的事"。她年轻时跟随从事船业的外公来上海，从此再也没有回去过。外婆从宁波迁往上海五十年了，说话仍是宁波上海话，交往的大都也是宁波籍的，天天做的菜，备的点心也是宁式的，没办法，她有宁波心。

这个家的饮食更不属于北方。外婆最喜好咸菜、笋丝，还有各种时令海鲜，也包括蛏子、蛤蜊、黄蚬等贝类。父亲不喜欢这一口，看到刺多的鱼，未剥壳的虾，就退却了。也是的，我也从没见过军人吃鱼。面食和肉类是父亲心仪的。他最喜欢的主食是水饺、面条，有时自己动手下面，在热气腾腾的面里焐几块大肉。

母亲爱和父亲开玩笑，笑他的外地口音，笑他的土，笑他的节俭，但她很快就学会了包饺子、蒸包子。父亲看见新出笼的包子，异常开心，特意去外面买搭配的佐料——腌辣椒夹在包子里，说："不错，沂蒙山的味道。"

我不像父亲，我对海鲜饶有兴致，吃鱼、剥虾都是乐趣。每一次都会慢悠悠吃，很享受的模样。父亲叫我小猫，还说："真该让你在沂蒙山长大，那儿的小米煎饼、茴香水饺、炸萝卜丸子、小鸡炖茄子养心，全世界的美食都比不上。"

我记住了那一溜菜名，同时有一个名词进入心灵——家乡。那未谋面却时刻与我有关联的地方，让我浮想联翩：人来自何方，为何漂泊，漂向何方之类的。有时顺着它想，灵魂也要出窍了。

地域的差别，有时很难跨越。外婆不懂普通话，爸爸不懂宁波上海话，每次爸爸和外婆的交流都很滑稽，他们比划着，猜对方的意图，猜中的概率很小，有时猜得牛头不对马嘴，只好找我或妈妈当"翻译"。幸好他们渐渐都听懂上海话，不会说罢了，于是上海话是我家的"官方语言"。

父亲曾尝试偷偷学上海话，不过他缺少天赋，舌头大似的，而且想保持权威，羞于向家人孩子请教。他一度还听沪剧，观看宁波话颇多的滑稽戏《糊涂爹娘》，听姚慕双周柏春兄弟的《宁波音乐家》。练了好久，父亲鼓足勇气和外婆说上海话，可外婆还是听不懂他的上海话，听得一头雾水。父亲放弃不学了，连学得好好的"侬好""阿拉"，也都抛弃了。

秋天树叶发黄的时候，我家常常会收到包裹，包裹单上写父亲的名字。看着那些粗布缝起的包裹，我忽然有些伤感，父亲是家乡的游子。也许莫名的乡愁存在我的骨髓里，被激发了。唤醒

的，很长时间内，在我梦里，远方的家乡幻化成长着粗糙手、怀着细腻情的巨人。

寄来的是新出产的大颗花生和红枣。外婆把花生做成脆香的苔条花生；把枣儿蒸熟，装在大玻璃瓶里，倒入绍兴黄酒，浸泡半个月，等打开瓶盖时，一股奇异的醉香便飘出来，吃起来甜蜜、醉香。

那一刻，浓浓的沂蒙情笼罩人心。父亲叮嘱我多吃点，脸上带着可爱的外乡人的骄傲神情。外婆也许听懂了，由衷地附和一句："好地方啊。"

播音缘

　　初中毕业，我被分配在遥遥数千里外的大兴安岭。大包小包的行李中值钱的东西很少，唯一的奢侈品是一个三波段的半导体收音机，新的，单价是五十八元，当时算是很阔气的。

　　我小时候最为崇敬的人，莫过于电台播音员。那时，我家有一台很大的"飞鹿"牌收音机，父母每晚让我们收听"小喇叭"节目，我总觉得播音员像个神仙似的藏在收音机里，而且有永远讲不完的新故事，还有那可爱的声音，简直伟大极了。一到下午，我就盼太阳快落山，待到屋里的光线逐渐弱下去，先是父母急匆匆的脚步声响起，接着就可以边听广播边嗅着厨房里焖饭的香气，尽管那时，我往往已经很饿了，可心情不坏，笑个不停。听完"小喇叭"就能吃到热得烫嘴的饭菜，然后又可以开始余兴节目：精神十足地跟父母复述广播员新播的故事。记得有一阵，我们全弄堂的孩子都很流行学习"小喇叭"节目的预告，有的简直可以乱真。

　　后来进了小学，本该与"小喇叭"无缘了，可还是常常听，对它的偏爱超过对少年儿童节目的喜欢。我想，也许我已把听"小喇叭"看成是生活中的一个习惯了，不想轻易去改。

　　进中学一段时间，我非常冷落电台广播：一则那时有社交圈，讲究一群人涌到这，涌到那，很少有静下来听广播的空闲；二则那时正值"文化大革命"，节目单调，总是什么沙奶奶、李玉和拿腔拿调地唱个不停。尽管如此，我仍很羡慕播音员，总觉得他们内部肯定有很妙的唱片，只是不敢对外播放罢了，自己听听肯定是可以的。当中学生时，我最怕听天气预报，特别是那用记录速度念的，简直听得人肚肠发痒。母亲则听得孜孜不倦，我偷偷地向朋友抱怨，她们都说，老头老太太怕淋雨才喜欢听这档节目。一度，我就特别忌讳听这个，怕出现老的迹象。

初中毕业，我被分配在遥遥数千里外的大兴安岭。大包小包的行李中值钱的东西很少，唯一的奢侈品是一个三波段的半导体收音机，新的，单价是五十八元，当时算是很阔气的。我在临出远门前已经预感到前面的孤独，所以一下子又同广播亲近起来。可惜，我们当地地势偏僻，三个波段全用上也只能收到一个电台，而且还需过一会儿换个方向，另外再接根金属的天线东转西转，否则声音轻得像耳语。那一阵，我已经不晓得挑剔节目了，听广播有三层用途：首先是消磨漫长的无聊岁月，即使是样板戏，我也能研究一下唱词，懂得什么是"西皮流水"，知道阿庆嫂对胡传魁的利用，反正比打扑克好。第二是一种心理安慰，听广播时，想到山外的人们也在收听这些内容，可以感觉到自己并不怎么落后，还可以跳出闭塞，那时也听听气象报告，因为只能收到一个台，舍不得少听。至于第三层用途，却是一种私心杂念，即想跟着电台广播学一口纯正的普通话，有了一技之长，将来可抽调到公社广播站去。总之，对播音员浪漫的追随已变成一种实际的乏味的途径了。

我最终未当上任何层次的播音员，我曾觉得是机缘辜负了我。

直到几年前，有个电台记者采访获奖者，问了我一个问题，仿佛是问得奖的感受吧。面对伸过来的话筒，很遥远的奢望一下子推得很近，令我措手不及。后来，电台播出了采访，我听到了自己的说话声吓了一跳，从此就断了这梦想。

从黑龙江返沪不久，我就开始学写小说。除了上班就是写作，日子过得辛辛苦苦，有时听听音乐就是最好的享受了。有一阵，"飞鹿"坏了，半导体也缺了些关键零件，一度家里就断了音响。那时，收录机还刚刚时兴，我们的邻居买了个"四喇叭"，没什么好磁带，就成天用收音部分。音响先进，轰轰烈烈，隔了一堵墙，音色更是浑厚，妙不可言。这阶段，我欣赏了大量的电台播出的音乐，有激越的迪斯科，有很怀旧的探戈舞曲，更有高雅的钢琴曲。由于那"四喇叭"不由分说、不容选择地一天响上十几小时，反使我理解电台对各种层次的听众都有考虑，有各种各样的节目，让各种各样的人都感到广播是对他们的。

那"四喇叭"是否对我初期的创作有特殊贡献，这已很难考证了，可那阵子我产量很高倒是事实，没准是应了个什么效应。后来，我买了一台功能很全的收录机，事实上，录音部分很少用，因为那要费时费力倒腾磁带，而听广播则毫不费时，有时可以边做事边听。我想，这实在是电台广播的优势，它不仅随时恭候，还可以不打扰人同时干别的，这两点已能足以稳稳地立于不败之地了。

我写儿童文学，为此也常想到要了解儿童在收听些什么内容。一听到少年节目，我惊异地发觉它对我仍有吸引力。我喜欢里面那些绘声绘色的口吻，这些人们也真不易，几十岁了，仍说着儿话，这真正是个需要童心的职业。我听这档节目总是特别松弛，特别轻快。可我已没有儿童的那份耐心，往往不喜欢连载故事，平淡的当然弃之不顾，倘若精彩的，便径直敲开资料室的门，去借了原著一睹为快。可能我已到了关心天气预报的年龄了，也可能另有原因，仿佛有点不喜欢别人"卖关子"。

除了少儿节目，我还比较关心歌曲点播节目，平凡的人一下子都成了主人，这使人感觉亲切异常，况且还有令人陶醉的音乐和点播人的温馨的情意。有时我就想，假如少儿节目中也多注重些这样的随意和轻松，给孩子们一点做主人的亲切感，是否会更具有魅力？人人都喜欢松快些，孩子更如此。

电台广播也曾带给我一些遗憾。有一次，安徽台给我写信，告诉几号几点播我的报告文学《失群的中学生》，我留心着，到了那天，刚想收听，冷不丁断了电，等找来干电池，节目早过去了。有时也收到读者来信，告知从某台听到我的新书的预告，可我都抓不住。这总使我从沸点降至冰点，仿佛感觉电台广播瞬息即逝，容易滑掉。可转眼一想，听众就希望这样，信息量大，变化快，假如把同样的消息播上几天，听众不造反骂起来才怪呢！于是，又一笑了之。

林林总总说了不少，说到底，同电台的节目还是有缘。假如哪天坏了收录机，没了广播音响，肯定会坐立不安、牢骚满腹，没准会去修理铺催货。因为这么多年来，这已成为我生活中的一部分了。

当年的朋友圈

落笔的痕迹里有生命的郑重，顽强又闪光，让我们没有匆忙地度过青春。

人生的奇妙之处，在于一直在改变。一路走来，人的境遇和时代风景、朋友圈都在变，回想往昔，有恍如隔世的飘浮感。

当年的朋友圈，友情的维系、增进，除了彼此见面接触、电话联系，还有写信。朋友圈的人数并不庞大，不像如今的上百、数千的。是真朋友，但联络不便捷，变迁也太大，常有人转学走了，搬迁了，下乡务农去了。有朋友换了联络地址，而圈里彼此却不知动态。有的朋友就此从朋友圈分化出去。几十年来，只十多个铁杆朋友，留在朋友圈里。

我年少时迷恋写信，属于朋友圈内的写信高手。选择写信，除了擅长写写弄弄，字也算端庄，还另有原因，我受不了当年的电话，太折腾人了。

当时电信不发达，在自家安装电话的，须得有很高的级别。朋友圈里的同学少年，互相留电话，绝大多数是公用电话的号码。

电话打过去，接不通是常态，即使接通了，不意味着舒心，还有复杂的中间环节，以及漫长的煎熬在等着你。

公用电话一般安置在烟纸店、居委会这些人群密集处。

我们弄堂口的烟纸店负责传呼的阿姨，接通电话，会像派出所户籍警一样，问明你是何人，打算找何人，找的人住在何小区，何门牌号。放下电话听筒后,她颠颠地跑到对方的楼下,大声疾呼,高高的分贝, 搅得四邻皆不安。

态度最忠诚、心情最急切的接电话者,十万火急跑,跑得上气不接下气,把电话抓在手里了,嘴里在急喘,过一阵才能慢慢同你搭讪。

电话接通, 功德圆满, 但双方照样不能好好说话。打电话的和那边接电话的,境遇差不多,不会自在,因为有人在后面候着呢。有的人用殷切的眼神盼你长话短说,算是修养好的;有的人不耐烦, 你说话,他在一旁插话。

烟纸店、居委会里人多眼杂,也有好事之人,喜欢竖起耳朵听小姑娘打电话。

我和闺密有心灵默契,涉及一些私密话题,一概用暗语,和地下党一样。有时暗语讲得过于隐秘,听电话的脑子不够用了,猜来猜去的,正话反听了。

写信不一样，想到什么，尽情写去，如此潇洒。信不超重的话，贴四分钱的邮票就寄到了。当年约中学朋友圈一起去老大昌吃意大利冰糕，约小学朋友圈借了凤凰自行车和海鸥照相机去黄埔公园拍照，都是由我写一封封信邀约来的。

17周岁，我第一次出远门，去黑龙江当知青，绿皮老火车开了四天三夜，下火车时，脚面肿得像馒头，走路要和同伴相互搀扶。初到的时候，40多个女生挤在一座大帐篷里，四面透风。到了最冷的阴历年，大家轮流看守铁皮炉子，不让它熄灭，那好像生命之火，不然，帐篷里的温度是零下40度。

火光中的冥想、阅读，还有写信，是那段困顿生活中，给我的最大安慰。从遥远的北疆寄往上海的信要8分邮资，我买了几大版邮票才安心。信能超越重叠的山峦、春季泥泞的雪路，和我的朋友圈，和我所向往的外面的世界在一起。

我用一种原浆土纸，皱皱的，毛毛的，散发树木的芬芳。那种纸仿佛附着树魂，吸纳天地之气，写信的时候，笔尖在土纸上行走，带来妙不可言的感觉。

阅读能让人拥有超越泥泞的现实的能量，但是我带去的那几本书很快被翻烂了。亲友们从四面八方把自己的藏书寄给我。我读后，寄还书的时候，会回赠一封信。信写得格外长，既写读书的感观，也记叙亲历的生活：写当地风情，写在物资紧缺的时代，年轻人如何寻找浪漫，写帐篷里开"地下音乐会"，写边远山林和都市文明的不同，也写我看到的和以往学生生活所不同的广阔社会面，写人的奇妙和复杂。

寒冬过去，我意外地发现，地域遥远的北疆，大自然构成了一个沉静的世界，当地的森林、原住民、风、野果子、动物、鸟类、山涧的纯水呈现迷人的风情，我把这些也写在信中。

亲友们称赞我的信，说明明是苦寒之地，在我的笔下的生活引人入胜，读起来仿佛是小说。有的朋友还说读信的时候，她们的心情比云还轻。整整 8 年，我给朋友圈的人写很多信，也收到了她们很多的回信。

2017 年的年末，我大面积地整理书房，理出很多信。有的朋友的信珍藏了 40 多年，记载着时代和生活的深刻痕迹。那些信被安顿在不同的抽屉里，每次拉开抽屉，我都能感受到特殊的含义，看到一段段微妙的人生历练。

现在写信较少了，动动手指写微信了，寥寥数语，或发几个表情，表示人心大快。写信的感觉和激情被这样的便捷消磨掉许多。过去写信是如此郑重，虽不必事先沐浴、更衣，但这是一种华丽的仪式：写着对方的名字，一字一句，悄然生根。写信寄托了情感之后，还要跑到邮局寄发，经过一只一只的手，把信送到想念的人手中。

落笔的痕迹里有生命的郑重，顽强又闪光，让我们没有匆忙地度过青春。

我的同学辛小丽

　　辛小丽是个美丽的女孩，脖子长长的，脸很白净，没有一点瑕点。我总觉得她像个仙子，因为凡人不可能那么优雅。

我的同学辛小丽其实并不姓辛，辛是她母亲的姓，可是她喜欢自称辛小丽。所以我们大家就迁就她，都称她辛小丽。

　　辛小丽是个美丽的女孩，脖子长长的，脸很白净，没有一点瑕点。我总觉得她像个仙子，因为凡人不可能那么优雅。当然，辛小丽最受人羡慕的是会写一手好作文。她的作文语言华美，老师常在班里念，那朗读时的抑扬顿挫的语调实在令人难忘。

　　我那时也很迷写作文，可惜，总达不到辛小丽那样的美文标准。我去向辛小丽求教，她耸耸肩，给我看她的笔记本。那笔记本很精致，带着一种淡淡的香粉味。本子上细小的字写着许多美妙的文句，诸如"蓝缎子般的天空上挂着一轮皎月"，"温柔的风恬静地吹着"。那都是从各种书籍里抄录下来的，每次写作文她都从中找出若干消化在自己的作文中。

我连忙仿效。可过了不久，我就开始不耐烦于此，想在本子上记自己的话。辛小丽知道了有些生气，仿佛怪我过于自大，又有点为她奉送的作文法宝被冷落而责怪我。

从此，我们两个就成为写作的两个派系。她常常坐在教室里翻弄她记满美丽词藻的本子，下课也不走开；除了这个本子，她没有别的好奇心，她的作文分数也越来越高。而我，作文成绩忽高忽低，但我的笔记本里记的是自己的发现：操场上的篮球架像个驼背的巨人，沈老师的袜子上有一个破洞……

再后来，我和辛小丽毕业了，各奔前程。我在北疆小学教书时，听说辛小丽结婚了，她的丈夫是个美男子，他周围有许多美丽的女孩。他选择辛小丽是因为她除了美丽的外貌外还有一个能写动人情书的特长。

我相信辛小丽的情书能迷倒人，因为在她的笔记本上荟萃众多作家的最动人的描绘。

我在那冗长的知青生活中，始终采用辛小丽的办法，不停地记笔记。只是我在笔记本中留下对写作的热爱，记下我的思想、情绪以及想要倾诉的故事。

过了许多年，那些故事、文章陆续变成了铅字，我成了作家。又过了许多年，我在路上遇见辛小丽，她仍是脱俗的优雅，只是成熟了，没有了飘飘欲仙的感觉。她说她仍爱抄抄写写，近期还抄录了不少我的文章。

我与我的同学辛小丽热烈拥抱，在我的心目中她是一个给了我许多馈赠的好友，事实也正是如此。

野菊花

　　我那时也分外喜欢齐老师，包括她的风度，以及服饰、手绢什么的，因此，就和叶菊花有了许多共同语言。喜欢同一个人成了一种很神秘的纽带，使我们日益密切起来。

我念小学时，有个同桌叫叶菊花。她胖墩墩的，手脚粗大，脸儿总是红扑扑的，可一到冬天，她的耳朵上、手背上就长许多冻疮，一直要烂到翌年春上才痊愈。那阵子，班里时兴相互起绰号，很公平，每人都拥有一个，什么"糊涂虫""长豇豆"之类的。她呢，就很自然地被叫做"野菊花"。本来嘛，绰号只是私下里叫叫的，公开场合还都使用学名。可是，有一次上语文课，班主任齐老师口误叫了她一声："野菊花。"这下，仿佛得到认可似的，大家就干脆忘记她姓叶了，一律叫她的外号。

　　"野菊花"确实有些"野"，她经常乱糟糟的，浓密的头发总是梳理不好，穿的长裤遮不住脚踝；她的书很旧，揉搓得像用了十年了。她做作业时总爱用很粗的笔写，笔画又重，所以有时就把纸钩破了，或者用橡皮擦得黑乎乎的一片。齐老师纤弱文气，酷爱整洁，所以更喜欢干净的学生。

　　记得我和叶菊花还是很投缘的，因为她为人热情，又很爱笑，所以虽然有诸多的缺点，她仍是很讨人喜欢的。有一次下暴雨，校门口的一段路被淹了，她就往水里一站，蹚来蹚去地背班里同学过"河"。许多人不好意思，推让着，她就生拉活扯，一边吃吃地笑，一边像骆驼似的慢慢行。从那天起，大家都说她力大无穷。这事传到齐老师那儿，她很感动，结结实实地表扬了叶菊花一通，又把她叫到办公室谈了半天。出来后，叶菊花的笑神经又发达了，光笑，停也停不住，说齐老师真胆小，怕她背同学时背伤了身体，还要带她去医院查查；可说着笑着，她又用手背使劲擦眼睛。

从此，叶菊花就成为齐老师最忠实的学生，哪个说齐老师的不是，她就面红耳赤地跟人争执，为此也受了不少嘲笑。偶尔，齐老师仍会皱着眉批评叶菊花，这时不少人就哄笑起来，做各种各样的怪样子。叶菊花一反过去的满不在乎，总是很痛心地低着头，半晌都不动，可事后仍是一条心地拥护齐老师。

我那时也分外喜欢齐老师，包括她的风度，以及服饰、手绢什么的，因此，就和叶菊花有了许多共同语言。喜欢同一个人成了一种很神秘的纽带，使我们日益密切起来。

但我和叶菊花的友谊很快就断了，说不出是谁冷落了谁；不投机是从五年级下就开始的，仿佛产生于李小曼的出现。

李小曼是五年级下新转来的，听说她以前住在澳门的祖母家。她是个与众不同的女孩，会弹钢琴，成绩拔尖，有个漂亮斯文的母亲，这一切都令班上的女生十分羡慕。特别是叶菊花，简直着迷，常常上着课她就"咬"我耳朵："你瞧，李小曼的头发多干净，她一天至少洗三遍头吧！"要么就自言自语说："她的裙子多漂亮，她像个公主。"

过了段时间，女生中的"李小曼热"已逐步减温了，因为那女孩虽然生活优裕，可为人冷冷的，从来不多笑。而且，大家还发现她喜欢斜着眼看人，她平日戴着眼镜，有时脱下时就可看见她的眼睛鼓鼓的，有点像铜铃。

然而叶菊花却一如既往，很迷信李小曼。下课时，总见她摸摸李小曼的书包或是称赞她的蝴蝶结。李小曼本来就很孤独，就也和叶菊花搭讪几句，有时也送叶菊花一些玩腻的小玩意；但她看叶菊花时，神情中只有幸福女孩怜悯不幸女孩的味道。我曾跟叶菊花说："你别随便要人东西啊。""你懂什么？"她很凶地说，"我到她家去过，她家的好东西太多，用也用不了！"叶菊花终于和李小曼形影不离了，她的辫子上结着李小曼用旧了的蝴蝶结，还很得意地把头转来转去。每天上课下课她都去接送李小曼，下雨

天还替她打伞。

这时，叶菊花已不再拥戴齐老师了，因为她的作业总出错，常常挨批评；另外，有几次她的母亲来学校找齐老师，叶菊花为此也很愤怒，总说："齐老师最讨厌。"

最后，大家才断断续续地听说，叶菊花在家里又吵又闹，要母亲替她买漂亮衣物，母亲气得无法才赶来学校。

叶菊花失了面子，总有些茫然，她屡屡对我说："真不公平，为什么李小曼能有我就不能有？我就这么倒霉？""可有的东西你有她没有。""什么啊？"她如梦初醒。"你有力气，你还很热心……""别再提这些了！"她打断我。这年的秋游，叶菊花带了许多食物，什么金鱼形的面包啦，什锦软糖啦，麻酥糕啦，而且她还有许多钱，顺手就在公园门口买了棉花糖、陈皮梅。她像个阔小姐似的应有尽有，同李小曼交换着食品吃，她的神情也像

个骄傲的公主。

可同学们并没有围着她们。有的同学带的是面饼，穿的是带补丁的裤子，但仍吃得兴高采烈。那天我带的是一只罗宋面包，叶菊花和李小曼异口同声地说："你就带这个呀！"

我说："我喜欢吃这个。"

叶菊花愣愣地看了我一眼。我觉得自己很骄傲，很有志气。

学校的包车开进校门时，从斜刺里冲出个女人，她是叶菊花的母亲，就在学校附近的菜场当营业员。她一见女儿就扑过去掏她的口袋，叶菊花的脸立刻变得刷白，绝望地低声啜泣起来。大家远远地看着，只见她母亲从女儿的衣袋里摸出许多钱，一元两元的都有。随即，那母亲像头发狂的狮子，两个巴掌交替着朝女儿抽去，一面骂道："你这黑良心的，你拿走了我这个月的工钿，一家人怎么过日子！"

叶菊花佝偻着腰，抱着头，小声哀求道："妈，别在这里打我。"

"你做出这种事，还讲什么面子！"

"妈，妈，你可怜可怜我！妈，别在这里打我。"

"你做出这种事，还讲什么面子！"

"妈，妈，你可怜可怜我！"

最后还是齐老师站出来劝住了叶菊花的母亲，随后她转向叶菊花，深深地看了那女孩一眼后就叹息一声。从此，她每次看叶菊花时就总带着那种惋惜的痛心的神色，再也改不过来了。

第二天上学我有些迟到了，快到校门口那儿，看见叶菊花背着书包在那里徘徊。她的眼皮有些肿，失魂落魄的样子，旧蝴蝶结也没戴。她见到我就把头转开了，远远地避开我。我走进校门后又回头望去，只见她满面流泪地遥望着学校。

隔了几天，叶菊花还是被她的母亲送入班内。可她有些灰，再也听不见她爽朗的无忧无虑的笑声了。她就像一颗流星，亮了一下后就暗掉了。

高傲的女孩

我和叶小绿成为无话不谈的朋友，几十年后的今天，跟她在一起我始终是愉快的——真正的友谊往往比任何一种感情都持久。感谢那次少年宫活动，没有它，我们也许永远都走不到一块儿去。

我们念小学那会儿，心里总是热烘烘的，自己装订起来的小笔记本里记满了这些句子："友谊是最珍贵的"，"我们携手并肩共同进步"。

说真的，那会儿我特别喜欢交朋友，往往听说哪个同学不错，就牢记着，见了面彼此友好地笑笑，然后，好像一下子就有了友谊，一起上学，放学也约好一块儿走。后来，朋友一大堆，并排走在路上，就像一长溜栅栏，惹得那些骑自行车的跟在后头拼命按车铃。

可是，不久以后，我们中间那个圆头圆脑的薛英就提出，还是各顾各去学校的好，因为约齐了一块儿上学经常会迟到。记得那天是个阴天，我们一伙灰灰地站在路边。恰巧，这天接二连三地开过许多辆装满货物的、上头覆盖着厚厚的油布的载重卡车，我觉得，脚下的地都在微微颤抖。

不用说，为这事我挺伤心，倒不是为了已不习惯独自去上学，而是我早感觉到，我们彼此间想说的话，已经讲个精光，比如，薛英光喜欢谈上哪家小烟杂店买零食顶合算，她拖我们去过几回。记得有一回，我的脚底走出个泡，那以后，她也懒得再给我介绍那些好地方了。想想也奇怪，当初跟她交朋友之前，老听人说她

热情大方，正是冲着这点，我才认定我们会成为好朋友。没想到，世界上的热情分许多种，要建立友谊却是更加复杂的事。

渐渐地，那些曾和我一起组成过"栅栏"的同学，相互之间都散淡多了，因为我们之间缺少些什么。不过，相互间的微笑仍是友好的，只是再没想到要常常把对方记在心里。

本来，那时起我就能找到挺不一般的朋友，然而，这一类事像是注定要经过一些风雨的。

早就听说叶小绿是个高傲的女孩。那会儿，冷冰冰的人特少，所以"高傲"这个词挺让人心寒。我想，要不是班里就我们两个去参加少年宫的编结组，也许我对她的了解仅仅是：红红的嘴唇，挺高傲的一个女孩。

编结组的头一回活动，我们彼此只用眼光扫了扫对方。活动结束后，我发现叶小绿跟在我身后，我拐弯她也拐，我穿马路她也穿，就这么像条影子。我几次三番地回头张望，她呢，不动声色，一直跟我到弄堂口才倏地不见了。

第二次活动结束时，仍是这样。我走到弄堂口就停住，想看

看她究竟想干什么。我对她笑笑，原来，她家就住在我家院子隔壁的高楼里，那层楼高得看它的顶层时要把头仰得很高。

从那天起，我早上总要叉开腿，高仰着头，往高楼的顶层看，因为这时候，从顶层的窗户里会探出一张有笑容的脸。

那阵子，我一直很激动，有一种冲破什么的感觉，同时，还在兴奋地等待着下一次的少年宫活动。事过境迁，二十多年过去了，当年那种带点焦虑带点甜蜜带点神秘的感觉仍留在心底。从那时起，我才懂得，建立友谊需要热情，还需要一种更深的东西。那是一种志同道合还是一种心心相印，或者是一种朋友间的吸引力？反正，很深，很深。

我和叶小绿成为无话不谈的朋友，几十年后的今天，跟她在一起我始终是愉快的——真正的友谊往往比任何一种感情都持久。感谢那次少年宫活动，没有它，我们也许永远都走不到一块儿去。

人和人多么容易擦肩而过。

记得我们成为朋友之后，叶小绿说："本来，我早想找你做朋友，可是因为大家都这么说你，所以我就被吓退了。"

"我？"我大声问，"说我什么？"

"说你是，"叶小绿笑了，"一个高傲的女孩。"

呵，原来是这样。我大笑起来，用胳膊挽住叶小绿。

幸亏我们都没被传闻吓倒。

一只八音盒

世上存在各种音符、各种声音，就看人如何去倾听，而且，人生的原则也往往就同八音盒发出的声音一样简单、干脆、执着。

有一年过生日，我为自己买了只八音盒，它小小的，造型很像留声机。只要拧几下发条，一掀盖子它就会不知疲倦地唱起来：3244，3244，就那么单调和执着，毫不花哨。

后来有个伤心的女孩跑来找我，那天她勾着头，满脸泪痕，但什么也不说。我知道她心里有个结，却不知为何愁肠百结，因而只是大致地劝了她几句。因为我觉得一个人想不开时最好缓一缓，慢慢地换一换角度再想，所以我将那个八音盒送给女孩让她听听八音盒唱的是哪几个音符。

女孩一去不回头，也不知过了多长时间，她才来信。信里的

第一句话就是：亏得这只八音盒，否则，我不会成功，很可能走到旁门左道去……

女孩父母是一对俊男靓女，而女孩却偏偏继承了他们的缺点，五官没什么夸耀之处倒也罢了，人又长得胖，是个不折不扣的丑女。进中学报到时，老师点到她的芳名时，许多同学都扭转头来张望。当目光与其对视时，有人干脆"扑哧"一声笑起来，还有人嘀咕道：名字倒美。

她不知道自己是如何挨过整个白天的，心惶惶然，眼中闪着泪光。她不求美若天仙，只求普通、一般，不至于被嘲笑，

从此，她走路总是贴着墙，肩那块常会蹭到一片白白的墙粉；而且一听旁人谈及漂亮不漂亮的话题，她都弓着身子疾速跑开，生怕成为靶子。即使如此小心护着自己，仍抵挡不住各种伤害，男生们给她起了个绰号：水桶。

女孩只感觉五雷轰顶，发誓改变外形，于是，她拒绝吃肉，不吃早点，一天总共吃几口米饭维持生命。她果然大大地消瘦，但额上竟有了抬头纹。有一次上体育课她竟晕倒在地，当然，学习成绩也急剧下降。

她来我这儿时，胃坏了，还患了轻度的厌食症。当然，她的那个外号自动消失了，但男生们又赐给她一个新外号——阿妈妮，用以形容她的憔悴、无神。

幸亏她得到了一只八音盒，她细细地倾听着它的召唤：3244，3244。

她开始参加业余健美班，进行体育锻炼，同时，她将全副精

力移至学习方面，渐渐地，她不在乎"水桶"和"阿妈妮"。世界上的事就是如此，只要你不在乎它，它就无法伤害你。

初三毕业前夕，电视台来学校拍专题节目，报道学生的业余生活。导演来校实拍那天，与在校园里锻炼的她不期而遇，在导演看来，那个女孩是如此朝气蓬勃，像一棵充满活力的小树。于是他连忙将镜头摇了过来。

播映电视片那天，全校师生都为那女孩鼓掌，她哪里丑啊，目光开朗、自信，仪态自然、天真，可爱程度超过学校的校花。

最令人兴奋的是，她后来又让大伙吃了一惊：考试总分进入年级前三名，化学竟是满分。那些学校里爱给女生起外号的男生赶紧又给她换了个新绰号：居里夫人。

女孩告诉我，这一切好运都是那只八音盒带给她的。我几乎吃惊了，那只拧了发条就固执地唱歌的八音盒居然能改变一个女孩的一切？我开始给她拨打电话，而且手忙脚乱。

她肯定地说，她正是听了八音盒的音符，才萌生冲破旧我的决心。

"就是那个 3244，3244 ？"我问。

"正是。"女孩说，"我耳里听到它唱的是'你来奋发''你来奋发'，它真是在唱这个吗？"

我说："相信自己的耳朵吧！"

世上存在各种音符、各种声音，就看人如何去倾听，而且，人生的原则也往往就同八音盒发出的声音一样简单、干脆、执着。

依依的新袜子

　　我哭了一通，就为了它，我花了几十倍的功夫，仿佛除了这个我一无所长似的。我把袜子和毛线收起来，重新拿起画笔，这时候，我才觉得这一切是那样亲切。

依依是个手巧的女孩子，特别擅长织毛线袜子什么的。当表妹依依将一双新织成的袜子送给妈妈后，妈妈几乎每天都要说上一遍："瞧人家依依，比你小三个月，可多能干呐！你呢，只会在纸上乱涂乱画。"

那会儿，我正在学画画，可以说我百画不厌。但我又是个好强的女孩子，被妈妈这么三番两次地一说，竟然不服气起来，心想：世上没有学不会的事。于是，我找出一大团毛线和一副毛线针，妈妈帮我起了针，又教了我织平针和上针。可我老是漏针，老是要拆掉重新起头，可以说，我拿着毛线针尝到了艰难的滋味。几星期后，我连袜筒都未织好。

我曾想折断这副倒霉的毛线针，也想到房后的园子里挖一个深深的坑，把这只袜筒埋进去。可最后，我还是继续往下织起来。因为，依依正坐在家里，微笑着飞快地织着一双又软又暖的毛线袜。

大约用了两个月的课余时间，我终于织成了那双袜子。可惜，因为拆过无数次，又因为出了许多手汗，所以这双刚织成的毛线袜筒直像是双旧袜子，当然，远远比不上依依织的那双。

我哭了一通，就为了它，我花了几十倍的功夫，仿佛除了这

个我一无所长似的。我把袜子和毛线收起来，重新拿起画笔，这时候，我才觉得这一切是那样亲切。没多久，妈妈又说起，依依开始织手套了。这一回，我没扔掉画笔。因为我已经隐隐约约地感觉到：织袜子是依依的爱好和特长，跟着她干这个，我会累坏的。

半年后，我的画在少年宫举办的比赛中得了一等奖，还有几幅参加了展览。妈妈不再说我乱涂乱画了，而且，还把我那幅得一等奖的画高高地挂在墙上。隔了几天，依依开始变了，她课余时间不再编织毛线了，而是一有空就往我家跑，看我画画，还不停地问这问那。

又过了几天，她兴致勃勃地捧着水彩盘子和厚厚一叠白纸来，说是她也要学画画了。

不料，依依画起画来手并不巧，进步很慢。她爸给她请了个指导老师。可是没过一学期，老师就不愿再来了。但依依很倔强，每天坚持画一张，有时就学我的画来画，可惜，仍画得很糟糕。

我常常想起依依编织毛线时那美丽而又洒脱的样子。而每当看到她很沉重地捏着画笔时，我就特别难过。我曾跟她说起自己笨拙地织毛线袜的经历，告诉她我至今挺羡慕她能织出那么好的东西。

听了我的话后，依依只是挺灰心地笑笑。最后，她终于懒得再捏画笔了，可是，她再也未拿起毛线针。

隔了许多年，妈妈还常常说，要是依依不扔掉毛线针的话，她早晚会成为一名工艺师的。因为像依依那样手巧的女孩，确实很少见。

滴水之恩

　　他说他至今还保留着那本名单册，那里记的是帮助过他的人的名字。他是个不惯言谢的人，但他以他的方式表达深藏于心的感谢与敬意。

我们当时的班里，有个名叫金龙的男生，此人的名字起得富丽堂皇，可实际"一塌糊涂"。他有点"斗鸡眼"，眼睛总像是在凝视鼻尖的正前方；头发理得极短，根根竖起；而且学习成绩也很烂。当然，他最大的特点：一是穷，穷到非拖欠书费不可；还有就是爱打架，谁冒犯他，他就抡拳头。有时他也打输，印象最深的一次是他的腮帮子被打肿了，顷刻间一张脸肿大了一圈，像猪头。

　　我和金龙几乎没什么交往，那时我是个胆怯的女孩，我保护自己的诀窍是：不去招惹金龙这样的首恶分子，甚至连目光都不在他身上停留。

　　有一天轮到我值日，却发现金龙捂着肚子坐在椅子上。我放慢打扫的速度，故意看着窗外，隔了一会儿，忽听"哐"的一声，他竟跌坐在地上，牙齿将嘴唇咬出血来。我不得不跑过去问他怎么了，他只是摇头；我拿出手巾给他擦血，他没接，只用手背在嘴上抹来抹去。

　　后来我才知道他肠子有病，有时会疼昏过去，可他怕贫穷的父母担忧，从不对家人言及，每次发病都是靠自己的免疫能力，慢慢熬过去。

又过了不久，班里排演大合唱，准备国庆节全体上台演出，并且规定每人准备白衬衣蓝裤子，可金龙说他不参加。知情的人说，他没有白衬衣。到了演出那天，大家都觉得少了一个人不好，于是我就出面向邻班的男生借了一件白衬衣交给金龙。金龙先是推让，面红耳赤，最后还是接受了。

演出散场后，金龙将衬衣还给我，他居然把衬衣叠得工工整整，就像一个非常斯文的男生。这令我非常惊喜，忽然感觉他并不是那么可恨。

不久，班里就传出闲话，说金龙在他的小本子里记着我的名字。有人说那是个黑名单，上了那个黑名单可能要挨拳头了；也有人说，金龙钟情谁，就把谁的名字记下来。

这两种说法对我来说都是可怕的。可直到毕业，金龙都没来找我麻烦，弄得我倒在心里藏了个谜团，甚至又恢复了冷淡的态度。

不知过了多少年，有一次我在闹市与金龙相遇。此时他已是个沉稳、温和的父亲了，说起当年的生活，他忽然说："你的名字也在我的名册里……"

我几乎叫出声来："为什么？"

他说他至今还保留着那本名单册，那里记的是帮助过他的人的名字。他是个不惯言谢的人，但他以他的方式表达深藏于心的感谢与敬意。

人与人骨子里也许都是记情的。

另一个我认识的女孩，也是家境贫寒到眼看要熬不过去了，后来社会送来了关怀，她的同学也慷慨捐款捐物。她将同学们的赠物放在箱中，舍不得动用，说是每天打开箱子看一遍，想到周围有那么多的关怀、爱心，就忍不住喜极而泣。她要永久保存

它们，这是她一生最宝贵的精神财富。

还有一位学音乐的年轻人，怀才不遇，四处碰壁。有一次他遇上了一位音乐大师，大师认为他有天赋，就给了他一张名片，并在上面写满赞扬的话。那年轻人从此敲开了音乐殿堂的门，步入成功。后来，他无论走到哪里，总把那张名片带在身边，一来表示永不忘知遇之恩，二来提醒自己成为一个仁爱的、关怀他人的人。

世界因为这大大小小、绵绵不断的人与人的关怀而变得永恒，事实就是如此。

孤独纪念日

　　我忽而想起在孤独的日子里倾听风声，在那时渴望着变得完美，以及几近绝望地对友情的祈求，不由喜极而泣：它使我的心灵成熟、净化，并不再害怕孤独，更何况，人与人的相携共进是如此美丽，如此充满契机。

有人说回忆过去的生活，无异于重活一次。说实在的，我欣赏这句话，并且常常会在我的那个"孤独纪念日"里重温当时的心境。

那件事始于一场闹剧。在校园里，这一类稀奇古怪的闹剧常演常新，比如某女生的眼镜盒找不到了，最后发现被人扔在垃圾箱里，或是某男生充当好汉从高处跳下，结果磕掉了半颗门牙。而这一次，事态更严重些，是黑板上出现一幅粉笔画，画了些穿裙子的小人，都长着猪头，边上还配着嘲讽女生没头没脑的话。

这绝对是触犯众怒的。一时间，女生堆里开始声讨男生。其中有个姓史的女生，长得人高马大，听说她常常要揍那些看不顺眼的男生；有一次还将两个小痞子的衣领揪住，然后提起来，反正，挺女权的。这位女中豪杰提议在黑板上改画男生长猪头，以示女生不好惹。一时间，应者如云。

我也不知自己是怎么说"不"的，我说这么做无非是给校园增加一出闹剧，还不如暗中学几手男生的开拓性思维。我说到这儿，史同学已经气得五官错位，两只铃铛似的眼里仿佛飞出无数发炮弹。

从那天起，我被神秘地晾在一边。据说史同学背地里给我定

了个"叛徒罪"，并逐个找跟我有交往的同学说悄悄话。

独自穿行在校园里，那是一种人群中的孤独。我只得为自己定了个"孤独纪念日"，一个人咬紧牙关对付孤独。那种害怕被众人舍弃的心情常常在梦中出现。我的感觉糟透了，仿佛原来走的是美好明净的大路，莫名其妙地误入险象环生的崎岖小道。

我开始留意书刊中关于战胜孤独的办法，有一种方法是深呼吸。我甚至还发明了自己编的"深吸舞"。只是那种舞跳起来得做夸张的吸气动作，有点像垂死挣扎。

另一种办法是跟邻班的一个女生学的，她很孤独，并说这个世界不公平，但她干脆躲在心灵的阴影中，把世界看成是敌意的。她看见有人笑，就会说你为什么不想想哭的时候；看见别人穿漂亮的衣服，就认为这无非是让别人看的；她要是撞上谁在唱歌，哪怕是嗓音出众、歌声婉转，她照旧会说哪有鸟儿的歌声好听。有一次，我的作文得了奖，放学后，她特意一路寻来，说："你永远比不上莎士比亚！"

我忽而感到，我永远不要像她那样！我需要友情、爱和人们相互间的携手。于是，我制订了一个计划，每天主动出击，跟一位同学说话，建立外交关系。我没想到，一切都那么顺利，到后来，女同学们交头接耳地竞猜我下一个建交的会是谁。甚至，当我叫到史同学时，她昂着头，大声说："到！"

我的"孤独纪念日"就此告一段落。说实在的，我很感谢它让我体验到孤独的心境，它有点伤人，却太自然了，那是全人类都会有的感觉，因为人既是社会的人，也是个体的人，于是，孤独常常是一种真实的情怀。只是，高明的人往往能走出它。

许多年后我才听史同学说，当初她们之所以排队似的与我和好，除了同学之谊，还有就是她们敬重熬得过孤独的人。

我忽而想起在孤独的日子里倾听风声，在那时渴望着变得完美，以及几近绝望地对友情的祈求，不由喜极而泣：它使我的心灵成熟、净化，并不再害怕孤独，更何况，人与人的相携共进是如此美丽，如此充满契机。

学校的故事

多年后我路过校园，那天天已黑了，只有传达室还亮着灯光。我悄声过去，不料仍然惊动了看门人，他驼着背，朝我微笑，并且毫不含糊地叫出了我的名字，如数家珍。

坦率地说，我曾非常不喜欢我就读的中学，这首先是因为那会儿实行就近入学，即住在哪里就划在附近的中学里读书。当时的我一直向往上一个偏远的学校，这样每日风尘仆仆地赶来赶去，带点学子求学的清高，最主要的是，那所我爱的中学是名校，那个大操场大得像小型广场，进进出出的师生都显得气度不凡。

我的那所中学离家门太近了些，神秘感全无，更何况它坐落

在繁华的商业街，左右都是百货店，就在弄口竖一块中学的牌子，而且看门的老头还是驼背，这些都是令人难堪的。

班里的女生虽然都还本分，但也有几个伶牙俐齿的，喜欢评头论足，她们与我时有纷争。有一次，老师布置大家回去准备道具参加文艺演出，那种道具是一种用纸糊在竹签上扎起来的花环。我尽了最大的力量做成了一只，可待我捧着它来学校时，却受到那些同学的奚落。她们说我手笨，花环做得可笑，我看她们的，果然个个都好，一时间无地自容，恨不得逃回家去。

更难对付的是班主任，他教数学，数学是我的弱项。每次监考他都特别严格，在教室里不停地兜圈，像跳探戈舞；有几次我刚想找些窍门应付难题，他都恰巧一个旋步站在我跟前，险些把

我吓出心脏病。

　　至于班里的男生更是不值一提：给女生起绰号，体育课把女生的那份篮球也抢了去；没头没脑的起哄都是他们干的……

　　就这么天天穿行在校园，心里又暗暗地抗拒它，一晃，几年过去了，要离开了，从这个停栖过的枝头飞走了。

　　直到此时，对学校的感情才倏地涌上来。男生们再三要求与女生们在校园的树下合影，他们背着相机跑前跑后，重情义的样子让人难忘；女生们互留赠言，其中一个嘲笑过我做的花环的女

生在赠言中提及：那时她们的花环都是母亲帮着做，因而她至今佩服我，因为本事是自己的才会心安理得。

我们看到班主任在那儿忙碌，忽然想起只因他的严厉，我们的数学才学得最扎实，因为无空子可钻。可就在我们几个想推开办公室门对他说声谢谢时，听到他正在张罗着下学期招新学生的事，我们全跑了，带点心酸和失落，直到跑到校园僻静处，悄悄地在一块旧墙上镌刻上自己的姓名，这才舒了一口气，仿佛终于在此留下了一份爱和眷恋。

也就从那时起，我再也不觉得别人的中学比我的好，别人的家庭比我的温馨，别人的国家比我的美丽。那都是别人的，而实际上，我们的情感和回忆只留在"自己的"之上，永远如此。

离开中学校园后，我即去了相隔数千里的北疆，在那儿想起校园和同学心就发软，有一种美好温馨的情感徐徐袭上心头，点点滴滴，余音袅袅。

多年后我路过校园，那天天已黑了，只有传达室还亮着灯光。我悄声过去，不料仍然惊动了看门人，他驼着背，朝我微笑，并且毫不含糊地叫出了我的名字，如数家珍。

我是个轻易不落泪的人，可那晚我却泪雨滂沱……

一个札记本

    人往往就是如此，经过了困囹艰难，才有了对比，格外珍惜自由与安详。仿佛一个被逼在暗角里的人，这时候又见光亮处，会发现那有多么灿烂。

都说人生是一本书，而我却想，它更像一个一个札记本，或凌乱，或重叠，密密麻麻地记载一个人的活法。或许，这与我曾经收到过一个札记本有关。

那个本子记不得是谁送的。我初中毕业没几天，就收到一纸分配去黑龙江的通知书。相好的同学们送我不少礼物，算是分别的纪念。那时，我们是一批一批地走，各奔东西。想来我是走得早的幸运者，最末尾走的那几个，离开时恐怕连相送的同学也不会有了。

当时的同学之间，送礼物很单纯，是送情意。生活大都很艰难，不可能有厚礼送出手。就连笔啊，记事本啊，这些也是两三个同学凑份子买一件。送礼的当儿，众人热烈簇拥，争先恐后递上。我只记得许多只热忱的手伸过来，所以分不清那个本子是通过谁传递而来。有些人在最激奋时，仿佛是半昏的，懵懵懂懂的，而唯有在静思默想中，理智才会发散光芒。我算这些人中的一个。

我在那个札记本里记上记忆最深的片刻：比如被迫早早离开校园生活的伤感；比如作为少女初次出远门的惊悚与害怕。渐渐地，我发现在札记本上罗列的几乎都是"吃苦记录"。

从上海赴黑龙江，列车开三天四夜，那是慢车，每一个小站

都停靠。狭窄的过道上挤满了人。三人座席上挤挨四五个人是很
常见的。那四个夜晚该怎么熬过？有时，四五个人困得全要横倒
了，相互连带着翻落下地。更糟的是腿脚全肿起来，像新蒸出来
的发酵面食。结果，只能相商每人轮流独占座席一小时，伸着腿
平躺会儿。其余几个困得跌跌撞撞站不稳，扶着椅背，在列车摇
荡间一点点地挨过这一个个日夜。

　　我还亲眼看见过同伴的死亡。一个周日，下起大雪，有个女
孩没围巾，步行去镇上买东西。归途中，她遇见一个骑车的老乡，

搭上了车，坐在车后座急于快点回返。傍晚，我出门找邮筒，想投进一封寄往故乡的信。她和我对上了眼神，相视一笑，我看见她安安静静地坐着，脖颈上围着一条毛茸茸的白围巾，像一只恬静可爱的兔子。这时，忽听后面有汽车喇叭声，我扭头看，只见一辆拉原木的卡车从雪地里驶来。原本，拉着重重的原木的卡车能顺当地与自行车擦肩而过的。可那女孩在会车的当儿，忽然惊惶，从自行车上跳下地。路太滑，她一个趔趄，人向前一冲，钻进卡车的后轮下。刹那间，白围巾被染红了……

在那段时间里，我还在札记里记载了父亲倒运被当成坏人打倒的事；另外记下自己眼看着兄弟被人殴打，却无法阻止欲哭无泪的心碎；甚至，被荒唐的偏见、可恶的谣言中伤时，一时无法排遣的愤怒与绝望；屡屡投稿又屡次被退的灰心。

我把它们记得细节分明，动机模糊而简单，也许打算看看自己究竟会遭遇多少坎坷，以免忘记。

渐渐地，我发现自己能够承受这一切。它们逼着我焕发了天性中的坚强。我熬过来了。不仅如此，它们拯救了原先那个惧怕吃苦的我，让我望见，再大的苦难和不幸都会过去。

现在，我已不必去连续坐几天几夜的拥挤火车了，但若再让我去经历，也不过如此，我已有过挨过艰苦的底蕴了；如今，有同伴遭到不幸，我会难过，但绝不会濒临崩溃，因为我已见识过这些，把它当成一件能想通的事来看待；此刻，如遭遇诽谤嫉恨，我会奋起反击，不可能郁郁寡欢，悄然哭泣，从黑夜到天亮。

这是困苦经历给予我的慷慨馈赠。有了它们，一个人就成了

有阅历、有见识、有胆量的人，拥有一颗坚强的心。

我有时会翻及那个札记本，只消读几行字，当年的情景便一一重现于眼前。这让我相信，所有难忘的阅历其实是明明白白地镌刻在灵魂中，一个人的心灵才是一本真正的人生札记。

我现在几乎很少有失眠的日子。因为只要一想到连续坐夜间列车的困苦，便会飞快地找到当时获得在长座席上躺倒一会儿的惬意与松弛。人往往就是如此，经过了困囿艰难，才有了对比，格外珍惜自由与安详。仿佛一个被逼在暗角里的人，这时候又见光亮处，会发现那有多么灿烂。

话题里的人生

　　到了白发苍苍的那一天，话题会更恬淡，变成一种心语。那时我们相守着仔细听落叶的声音，不在乎外界的喧闹，到这样的境界了，才能和孩子一样品尝生命最快乐松弛的甘露。

我的朋友圈中有从小一起长大的女伴，也有认识二三十年的女伴，几十年中不断聚餐啊，碰头啊，但每个年龄会有不同的话题，隐含着不同的人生视角。

念幼儿园时，生活清苦，没什么好吃的，我们瘦得跟猴子似的，可都贪玩，一起常玩办家家，模仿大人的生活，抢着扮演妈妈、时髦的卖奶油什锦糖的阿姨、威风的警察，渴望长大，因为大人有自主权，比小孩风光。有时候也演坏人，小孩演坏人格外来劲，似乎比演好人过瘾多了，不用讲规矩，随心所欲，生动多彩。那时也没有门第和地位的观念，着实热爱有事情可做的职业，比如大家抢着演护士，却不情愿演医生，因为护士忙碌着包扎伤员、打针、喂病人吃苦药片，够忙乎的，而医生只能坐着，一本正经地使唤听诊器，了无生趣。

念小学后，我们喜欢聚在一起谈鬼怪、神灵或者类似于"一只绣花鞋"的恐怖故事，说稀奇的事情时还要拉起窗帘，想象此刻正在密室里。喜欢相互吓唬，也喜欢独自一惊一乍的，心里巴不得世界充满波澜，能让自己的人生经历起伏。想想也是，儿童需要心理历险，在体验中克服恐惧，不至于那么平淡。小学的伙伴们在一起很温暖，相互壮胆，到处捣乱，高兴了搂作一团，委屈了哭一会儿。女伴中也会有口角和摩擦，但不久后就重归于好，因为儿时心软，不会伤人很深。

中学时代，人大了，心也大了，揣了心事，喜欢聚在一起高谈阔论，谈情感也多一点。那时脑海里的爱情，并没有根基，像云似的虚无缥缈，似乎有，似乎没有，却有善意和真挚，如同小狗小猫的爱。渐渐到了十五六岁，那是人生中最不安分的年龄，索求体面，高度敏感，自我意识强烈，容易挑剔父母的不是，对老师也是深深不服，暗暗挑衅。这个年龄想出类拔萃，大家一窝蜂地读名人传记，披星戴月地读。为了表现自己眼界开阔，在别人面前证实自己的闪光形象，不惜说出疯狂的话语，那时的聚会常常会成为辩论会。谁取得了成绩，谁去过哪里，谁读了高深的

哲学书，谁家来了令人感兴趣的贵客，都会引起内心的激动。尽管当时聚众谈理想，偶然会为别人压过自己的风头而不快，可是特别信奉友情，离不开朋友，有一帮朋友是荣耀的，而形单影只无疑是一场灾难。

刚走出中学的大门，轮到了上山下乡，女伴们各分东西，去江西，去安徽，去北疆，通信成了我们聚会的新方式。很快，打算在广阔天地大有作为的激情被现实击碎了，彼此间的话题变得黯淡起来，我们谈前途的渺茫，谈惆怅，谈借不到好书，谈严酷的原始森林里人与兽的生死关系，谈东北的冷风似乎是刀，谈修路，谈长身体时吃不饱的绝望。有一阵我还大谈所痛恨的粗粮，当时每天的主食是玉米楂子粥或窝窝头，大菜是黑木耳炒白菜片，一个月每人只能吃到几斤面粉，一两顿大米饭，最奢侈的星期天"豪餐"是用猪油白糖夹在大馒头里大口吃，夜宵常常是一碗土

豆汤。一年一度的春节，女伴们像候鸟一般回到上海，浩浩荡荡地去品尝沧浪亭的条头糕，召集人马聚集在王家沙吃肉丝两面黄，还有老大昌的意大利冰糕、光明村的荠菜肉馄饨。艰难的八年中有无数颓废和悲观，大家相互打气，话题浓缩成一种共识：好好活，慢慢熬，不变坏，那就是大出息了。

终于，一代知青陆续返回故乡。苦闷的岁月过去后，大家的话题跟前途息息相关，谁考上了大学，谁到了学校做老师，有个中学时代的才女被分配到食堂做服务员，大家也祝贺。毕竟，这些人都要在拥挤的都市里找到自己安身立命之地。记得那时最大的忧虑是找工作、找住处，而成好单位的人，如同投了好胎，连住房都能白给。等大家好歹都找到工作和栖身之处，话题转为婚姻，毕竟年龄到了。大家便分享着谁去相亲了，谁去婆家上门的经验，喜酒吃了一次又一次。后来女伴们的婚姻大事都解决了，只剩下我，好像"嫁给了文学"。终于有一天，她们集体催促我找情感的归宿，当时还不叫"剩女"，叫"老大难"。我成了这方面的话题，并不觉得尴尬，这些人都熟成家人似的。依我之见，"大龄未婚"其实很自由，唯一的不足是过年过节时有点孤寂，另外独自参加别人的婚礼总有怪怪的感觉。

我是朋友圈里结婚最晚的，幸好找到一个最对的丈夫。这时女伴们纷纷做了妈妈，我有了一帮"过房儿子"和"过房女儿"。我喜欢和那些宝宝一起玩，也把我写的小说和童话分送给女伴，让她们读给孩子听，总能得到表扬，她们觉得我是写得最棒的作家。我深知那是因为我们之间的情感，有了情感，看出去的一切就改变了。几年后，我有了自己的女儿，也如钻进了怪圈，心思紧紧系在那小东西的身上，她也成了我和女伴们的共同话题，她们都分享过我女儿美妙的琴声和她天然的聪明和可爱。

不知从何时起，女伴们开始谈论理财，有了置业的概念。这些人纷纷买房子，这个买在徐汇区，那个买在卢湾区，从逼仄的小房子搬进高楼大厦。说来好玩，女伴中稍微傻乎乎的有点马大哈的人买的房子最多，她们看着差不多就心动了，因为再好的房子也有不完美。而一些聪明讲究的女伴却没有买成，她们买房子要用指南针测定朝向，正南偏一点都不行，又怕买贵了，万一房价跌下来，当房价越来越贵时她们又觉得投资有风险，结果一套也没有买，至今还在等待着房价跌回到当年。

女伴们分头忙事业，忙孩子，但只要聚在一起，话题还是那么真挚和直白，离不开心里的牵挂。终于有一天，孩子长大了，大家这才惊讶地发现自己老了，就算不承认，也是老矣，开始最听医生的话。有的女伴还在岗位上，但慢慢淡泊，也渐渐脆弱，很在意赢得别人的好感和尊重。有的女伴提早退休，感到快乐少了，忧虑多了，不太适应脱离社会生活。一次聚会听说有个女伴一次买了两张据说活血通络的床垫，就因为销售人员的甜蜜语言，心情低沉的时候容易贪恋别人的好言相迎。

只有一个女伴是例外，她在退休的第一天买下一辆小宝马开起来，并学起了年轻时就喜欢的钢琴，自己亲手烤蔬菜面包。人生的喧闹过后，真的知天命了，她快乐着自己不用做不愿意做的事，不用求任何人，可以安静下来，慢慢生活：徐徐思考，缓缓做事，松松休闲，还有，慢慢餐饮，让食物的味道在舌尖停留，让平时紧张的身体停歇，观海、赏花，让心灵获得天人合一的宁静。

女伴们的话题还在延续，大家说的是心灵的写照，品的却是人生的滋味。到了白发苍苍的那一天，话题会更恬淡，变成一种心语。那时我们相守着仔细听落叶的声音，不在乎外界的喧闹，到这样的境界了，才能和孩子一样品尝生命最快乐松弛的甘露。地球是一个圆，善终的人生也是一个圆，完美的晚年是体验了人生所有的苦甜，又回到通透的本真，有了最小孩、最透彻，也最接近心灵的颜色。

"病人"

我不喜欢进医院，却喜欢当病人。人一生病在家里就像做了皇帝，各种美味的东西会送上来让你挑选。

也许没有小孩愿意去医院，进了那扇大门，打针吃药成了非做不可的事。即使你没病，热心的医生也不会让你空手而归，会塞给你一包药片，像亲戚送礼一样容不得你推脱。

我不喜欢进医院，却喜欢当病人。人一生病在家里就像做了皇帝，各种美味的东西会送上来让你挑选。我可以专吃肉松，而不碰盘子里的胡萝卜片；可以在别人去上学时留在家里抱玩具；还有，这时候你同任何人吵架，当裁判的妈妈总说错在对方；而妈妈则过一阵就来摸你的额头，她焦急的神情能证明你是她的宝贝。总之，当病人的滋味真是不错。

可惜，我不常生病，即使喝大杯的生水，即使被雨淋湿了后不用干毛巾擦，也没什么反应，连喷嚏都不打一个。

一天晚饭后，去小燕家借书。她家还没吃饭，医生太太正在炒洋葱，一股辛辣气直窜过来。我逃出门，可是鼻子孔里还是痒痒的，忍不住一个接一个打起喷嚏来。那天也巧，妈妈出门倒垃圾，她连声问："是不是感冒？"

不知怎的，我不想摇头。妈妈过来扶我，好像我虚弱得快要倒下去似的。弄得我也不好意思说这只是演戏，只是想重温当病人的梦想。

我被安排在被窝里躺下。很快，我就发现当病人有时是件苦差事，看弟弟们在房间内活蹦乱跳，却不能参与，甚至连大笑也不可，得像个倒霉蛋似的紧锁着眉；况且，妈妈还端了白开水犒劳我，我朝果汁看，妈妈斩钉截铁地说："感冒喝白开水最有效。"恰巧这时，爸爸兴冲冲地回家来，说买了戏票，要带全家去戏院。

　　我想跳起来，却被妈妈固执地按住了。末了，我只能眼睁睁地看着弟弟欢天喜地地去戏院。我哭丧着脸，浑身难受，我想这一定是临时气出来的病。

　　更糟的是，妈妈上门去请小燕爸，这位儿科医生立刻就提着大药箱来了，像是来抢救一个快要死的人。他让我张着嘴说"啊"，又用听诊器左听右听。我想他一定是找不出病来不罢休。果然，他说："配点助消化的药，另外，清热也很重要。"我看见他一样一样地取出药来，急了，只能推翻当病人的角色，说："我没病！"

　　妈妈笑笑，她情愿相信我有病。我不懂，妈妈平时精得像半仙，弟弟在成绩册上稍做些手脚她就能识别。不料，我装病人她却一无所知，也许我将来能在戏里演病人角色，或许因此名扬天下。

少女罗薇

　　哦，罗薇，努力吧，还有时间。一旦跨出这一步，你就会拥有一个更大更新的天地。

在一次大型的美术展览会上，我意外地看到了姨妈孙群的一幅画。这幅水粉画的名称是《母与女》，整个画面都是采用人情味很浓的暖色调，画中的女儿占主体，线条简洁明快，母亲的形象却显得深沉凝重，而且只占很小的地位。我在画前伫立许久，既为画中的感情力度所吸引，又为姨妈的成功感到兴奋。

当天晚上，我便去姨妈家祝贺，很可惜，推门进去只见她的独生女罗薇伏在饭桌上写着什么，姨妈却不在。罗薇个子不高，腿粗粗的，肩膀那儿也是厚厚的，总之，同当今挺流行的那种犹如豆芽的细身材格格不入，不漂亮，却显得健康、有活力。她见了我，也不打招呼，只是随便地笑笑，好像三分钟前刚跟我长谈过似的。好在我这段时间正在中学实习，像这样的中学生，每小时都能碰上几个。

我问起姨妈的去向，她说："她呀？大概又去收拾新房子了。"

这真是件大喜事。早听姨妈说，单位落实知识分子政策，要分给她二间一套的新房子。可瞧瞧罗薇那一副懒懒的无精打采的样子，好像这事平凡得不值得一提。我注视着这间窄小而又凌乱的斗室，由于受空间的限制，每逢白天，罗薇的小床只能翻过来竖在墙角边，腾出块地方作为通道。我想，这肯定给她带来许多烦恼：星期天早上不能睡睡懒觉呀，无法在垫被下塞进一本有秘密的记事日记啦。既然如此，为什么她说起新房子时还那样缺少热情呢？难道她变成了一个只注重考试成绩而对其他一切都漫不经心的人？

不一会儿，外头有个尖尖的女高音喊了罗薇一声。立刻，中学生从椅子上弹跳起来，冲锋似的往外奔，出门时肩膀把门边的碗橱撞得打战。随即便听到她们在外头无拘无束地笑着什么，我想听听她们的谈话内容，可是这时候她们的声音便低下去，成了挺默契挺亲昵的低语。

我满房间踱着，无意中瞥见罗薇写的一行句子——"我不愿跟她搬到新房子去，我矛盾极了。"我笑笑就踱开去，她也许是眷恋这个住惯的地方吧？矛盾嘛，哪一个中学生能做到无论遇上什么事都能从容不迫呢？再说，罗薇有个挺疼爱她的奶奶就住在楼上。这不，奶奶正在楼上喊："小薇，外面风大，跟你同学一起上我这儿来吧。"也许，罗薇舍不得离开奶奶，所以耍起了孩子脾气？我这么猜测着。

　　大约过了二十分钟，罗薇神采奕奕地回来了。她见我还没走，似乎怔了怔。我问："刚才来叫你的是你的好朋友？"

　　她点点头，变得友好起来："她来送我相册，她多傻，其实明天一早我们能在学校碰到的。她还特意跑一趟，真傻！"

　　我注意到她在说这席话时，神情激动，分明在炫耀她们的友情不同凡响。接着，她又把那宝贝从口袋里掏出来递给我。那本相册确实不错，很精致。扉页上粘着张照片，上面是一个瓜子脸、眼神很明朗的女孩，估计是刚才的那个女高音。

　　"你觉得她怎样？"罗薇点着那张照片问。

　　我说："她看上去很纯朴，很真诚。"

　　"你也这么认为？"罗薇高兴起来，立刻滔滔不绝地谈起她的朋友，而且，一下子对我产生了好印象，开始翻箱倒柜地找糖盒准备招待我。哦，这个年龄感情真诚，珍惜友谊，尤其是女孩子。我忽然觉得自己离那已流逝的少女时代近了许多。

　　"她怎么想起送你相册的？"我问。

　　"我告诉你的话，你能保密吗？"她反问道。

当然，我答应。哪怕这丝毫不值得保密。

"知道吗？今天是我十四岁的生日，听说我是晚上出世的，所以……"

我理解她对这事的郑重，十四岁是个不平凡的年龄，况且，有哪个中学生不希望生日过得有意义？于是我说："有本书上写过：热爱生命的人才会纪念生日；纪念生日应该成为更好地生活的起点。让我预祝你——十四岁的罗薇从这个生日的第一天起……"

"嘘！轻点！"罗薇紧张地说着，一边涨红着脸跑到窗前，气咻咻地拉起窗帘，"不让他听见！"

"他是谁？"我问。刚才我看见对面有一家窗子正好对着罗薇家的窗子，有个脸儿白白的男孩曾经在那儿晃来晃去过。

罗薇告诉我说，他是她们班的男生，叫周荣国，名字挺爱国的；可惜，总爱趴在窗前往这儿看，像个侦察员。所以，有时她白天也拉上窗帘。

"也许他闲得无聊？"我插了句话。

"那不会吧。"罗薇又为那男孩辩护起来，"其实他脑子发达极了，成绩总是班里的前三名；还有，在班里他从不跟女生多搭讪。"

我们又谈了一会儿，主要是罗薇向我谈论她的同学和老师。我发现，她谈起同她关系比较一般的人，都有贬有褒，好像很辩证；等到谈论起她很喜欢或是很不喜欢的人时，措辞就很绝对：这个人好极了，没有缺点；那个人嘛，我真懒得提他的名字，他是世界上最使人讨厌的家伙。总之，她时而宽容、时而苛刻，这一切都取决于她的感情因素。

很晚了还不见姨妈回来，我便起身告辞。罗薇先是一再挽留，后来我向她出示手表，她才算退了一步，但执意要送我去车站，而且还挽住我的胳膊。路上，我对她说："等姨妈回来你跟她说，过两天我再来看她。"

罗薇没作声，低头走了一阵，忽然仰起脸来问："哪一次你能来专门看我呢？"

我心里动了一下，感到自己在无意中冷落了这个女孩。我说："过几天我就专门来看你，怎么，要不要补上一份生日礼物？"

"随便你。"她想了想又补充一句，"反正，我答应收了。"

我笑着问："那你帮我参谋参谋，送什么生日礼物才能使一个十四岁的女孩子满意？"

她没怎么想就回答说："如果她个子不怎么高的话，你就买一盒钙奶糖吧。"

我实在弄不清这种奶糖同个子有什么联系，问她，她才吞吞吐吐地说了几句，好像是有两回她吃了这种奶糖后，半夜做梦都梦着从高山上摔下来。她相信这就是在长高。

我暗暗笑她太单纯，把一些偶然现象看得那么重要，但仍决定要跑一趟食品店。临分别时，罗薇塞给我一个有着硬邦邦簿面的小记事本。我深知她的信任并非每个人都能得到，不禁感动起来："谢谢，这本子我很喜欢。"

"你注意到那簿面的颜色了吗？"她问。

真糟糕，我真没怎么留意这个。经她这么一问，才看清簿面上是蓝和白这两种颜色构成的图案。

"蓝和白都代表纯洁。"她说完，快乐地笑笑，然后往回跑去。

这是个真挚动人的女孩。我这么想着，同时也略带点内疚，不仅为刚才曾在心里把她划在只关心分数的那种干巴巴的人中去；而且，我们做了十四年亲戚，我头一回才想到把目光停留在她身上。

隔了一星期，我抽空跑了几家食品店才买到罗薇喜欢的那种奶糖，想晚上送去的，可巧，在临下班时，姨妈挂了个电话找我。

"晚上你能来一趟吗？"她在电话里问，"来帮我解解围好吗？这两天我心乱得什么也干不成。"

"是不是忙着搬家？我一定来。"

"不！不！你来的第二天我们就搬到新房子里去住了。是罗薇

133

的事……这两天她一句话也不和我说，整天板着脸。你来劝劝她吧，她对你印象不错……七点钟，我在车站等你，26 路车到底。对，徐家汇站，电话里谈不清，还是面谈。"

姨妈似乎很沮丧，当我在车站见着她时，一眼就看出这一点。看来"面"生活和"过"生活差距不小，画面上的母女显得那么和谐，而生活总在变幻内容。

"到底发生了什么事？"我问姨妈。

她说："我也不清楚她为什么不理我了，我问过她，她不说。可看得出她也很痛苦，人都瘦了，我真担心她在折磨自己……"

我不由得想起罗薇写的那行句子，便说："可能她不愿意离开住惯了的地方。"

"你这样想吗？如果真是这样，过不久她就会好的，我就她这么一个女儿，孩子的脾气又特别，我就担心她在感情上和我有隔阂……我有事业又有家庭负担，她爸爸在外地工作，一年才回来一趟。从她很小起，每逢星期天我就陪她玩，夜里哄她睡后我再开始画。你知道，那时虽然艰苦，可心里很安宁，因为女儿跟我很亲。"

"现在呢？"我问，"她常跟你闹别扭？"

"也不经常。有时也怪我太忙，很多地方委屈了她。不过，像这次那么生闷气还是第一次。这两天我老是恍恍惚惚的，干什么都没心思。看她那样，我真……"她呜咽起来。

那幅《母与女》又浮现在我眼前，这会儿，我对画中那深沉凝重的母亲形象有了更深的理解。同时，我又觉得纳闷，难道罗薇这个聪明可爱的女孩子会对母亲深切的爱一无所知？不可能，不可能，一定是另有原因。

我们边走边谈，很快就到了姨妈的新居。二间一套的房子，大间是姨妈的书房兼卧室，小间是罗薇的卧室。可以看出，小间布置得格外雅致：一张小床，一张崭新的书桌，上面放着台灯和台历，墙上挂着美丽的画。这时，我才懂得姨妈为什么一脸倦色，这些天她确实够忙的。

噢，我的心突然酸楚起来，因为罗薇绷着脸走进来，她果然消瘦多了，精神也不太好。我招呼她，她不作声，用手拉拉我的袖子。进了小间，她关上门，这才说："人家等得你好苦呵。"

我拿出礼物，她当场就打开盒子剥了一颗。我问她刚才去哪儿了，她说去看她奶奶了。我说："舍不得离开奶奶？"

她否认说："总不见得一辈子都守在奶奶的身边。"

"那么，搬了家下学期就得转学，你愿意离开最要好的同学吗？"

"我可以跟她通信，离得远才能考验我们的友谊呢！"罗薇回答得很干脆。

这下我倒开始想起那个脸很白的男生。既然罗薇并非眷恋奶奶和好朋友，那个"矛盾极了"，是否与老在对面窗边"侦察"的男孩有关呢？于是，我转弯抹角地提起他。

"别提他，哼，这种人！"罗薇说，"前几天，我们班去秋游，半路上碰到个疯子要打人。他呢,逃得比几个胆小的女生还要快！这种人，成绩再好也没有用，至少我看不起。"

我没作声，心里却有了几分愧意，仿佛已经伤害了那颗脆弱的心。我不打算再盘问什么，因为我向来不习惯充当这种角色。不料，她却主动对我说："这个小房间很舒服吧？可我想离开这儿，单独住。"

　　"想去哪儿？"我忍不住问。

　　"你说去哪儿好？"她两眼直直地看着我，"你能帮我找个地方吗？住几天也行！"

　　"那不行。"我急忙说，"那样的话，你妈妈会伤心透了。"

　　"可我也很忧伤……"她的眼圈也红了，"算了，我不求你帮忙。刚才的话我收回——你记住，收回了就等于没说。"

　　"能告诉我你的想法吗？罗薇，或许我能比别人更理解你。"

　　"不可能。"她说后又改变了主意，"好吧，你别问了，明天我给你写信。"

　　我没强求她，我发现自己也开始不由自主地维护她的意愿。这对她是否有益？因为把她放在显要地位并慷慨地给予她明快色调的人已经不少了。我感到内心隐隐约约地有了些不安。

　　第三天的黄昏，我果然接到了罗薇的信，打开一看，称呼下面的显眼地位写着这样一句话：你很忙，不必回信。接下来便是叙说自己的不幸——"发生了那件事以后，我觉得眼前一片昏黑。原来，看起来挺爱我的妈妈并非真正爱我，我算看透了。我打算远远地离开她，让她一个人去后悔。你知道吗？我心里苦极了，十分失望，那件事给我的打击太大了。"

　　究竟发生了什么大事？可惜，她信中没提起。下班后，我心

急火燎地赶到姨妈家，一进门就呆住了：房间里乱糟糟的，好像刚经过一场洗劫；罗薇不在，只有姨妈一人坐在那儿擦着红肿的眼睛。

我忙问："怎么回事？""她走了。"姨妈失魂落魄地把罗薇的留条给我，"我不懂为什么她要这样做。"

留条显然是带着很浓的火药味："我把我的东西拿走了，不再回来。既然你并不需要我这个可有可无的女儿。"

"她现在住在哪里？""她奶奶家。"姨妈说，"刚才我去过了，她见了我就像见了个陌生人。"

罗薇好像并不是一个喜欢无事生非的女孩，我想，她发这么大的火，矛盾得这么厉害，肯定是有原因的。可是姨妈再三说，她一直忙着收拾房子，起初罗薇也想早点搬家，母女俩连口角都没有，没想到突然间女儿像变了个人。我问："从哪天开始的？从她生日之后吗？"

"生日？"姨妈叫起来，"哎呀，那几天一忙，我把这事忘了！我知道了，她肯定是为了这事才那么干的。好了，现在终于摸清情况……这孩子，她为什么不提醒我一句。"

见姨妈那么兴高采烈，我的情绪反而坏起来。诚然，那个独自一人度过十四岁生日的少女值得怜爱，但那个被几副担子压着的母亲就应该受谴责？如果这样看就太不公平了。难道这个聪明、懂得感情的女孩子分析起别人来能头头是道，对自己就完全成了另一回事？我摇摇头，想把这不愉快的念头赶走，或许，罗薇还另有原因。我这么希望着。

我于是又匆匆忙忙地赶到罗薇的奶奶家，推门进去，只见这个女孩正若无其事地看一本杂志，一边悠闲地嗑着美味的香瓜子。不知怎的，我挺生气，同时也对姨妈的那幅《母与女》有了一点不同的看法。

"呵！我知道你要来的。"罗薇满面春风地朝我伸过手来，"来，把回信当面交给我吧。"

"你不是写明不必回信吗？"

"可是，"她挺委屈地说，"我还以为你仍会坚持写的。看来，你并不理解我。”

我说：“想让别人理解你，你就得试着先去理解别人。不能光一味地对别人提要求。”

她带着一脸不高兴：“我知道你在指什么，可是，我绝不会忘记我在需要妈妈温暖的时候，她跑开了。你知道，她连我的生日都忘得一干二净。我一生只有一个十四岁的生日……再也无法弥补了。”

我真想大喝一声：中学生，你把自己看得太重要了！可我不忍心这样做，十四年来，她亲爱的奶奶和妈妈已经使她习惯于这样考虑问题。我只说：“要知道，你妈妈好些天正忙着为你布置小房间，她……”

“我不要听！不要听！”她很凶地嚷着，“不管怎么样，我不能原谅她……”

“你说错了。”我终于火起来，“应该是她不能原谅你，因为你太任性，太自私，你只会为自己考虑！”

“我、我不是那种人。”她小声地嘀咕着，很不满地说，“如果、如果你真把我当成这样的人，那么就把那个记事本还给我好了。”

“我是这么想着呢。”

话一出口我就后悔了，因为我看见了一双噙满泪水的眼睛，尽管里面带着哀怨和失望，但仍未失去一个十四岁少女的真挚和认真。随即，她跳起来，夺路而去。

这是一个无法弥补的过失，虽然事后罗薇并没有来索回她的礼物，可我懂得，我已经失去了这个女孩的信任和友情。于是，我又常常想起她身上那些难能可贵的闪光点。

画展将闭幕的那一天，我又去了展览厅。因为这几天，我总想着那幅《母与女》，甚至还形成了鲜明的看法：如果画面上的母亲和女儿各自都占着自己的那一半，这对色彩明快的女儿以及深沉凝重的母亲也许会更和谐，而且，更有现实意义。至少对罗薇有好处。

突然，远远地我看见一个同罗薇挺像的女孩子伫立在那幅《母与女》前。于是，我绕开了。

我希望那就是她。哦，罗薇，努力吧，还有时间，一旦跨出这一步，你就会拥有一个更大更新的天地。

图书在版编目（CIP）数据

一诺千金 / 秦文君著. -- 北京：北京理工大学出

版社, 2025. 1.

(课本里的大作家).

ISBN 978-7-5763-4512-4

Ⅰ. I287

中国国家版本馆CIP数据核字第2024YS3717号

责任编辑：申玉琴　　文案编辑：申玉琴　　策划编辑：张艳茹　门淑敏
责任校对：刘亚男　　责任印制：李志强　　特约编辑：赵一琪　高　雅

出版发行 / 北京理工大学出版社有限责任公司

社　　　址 / 北京市丰台区四合庄路 6 号

邮　　　编 / 100070

电　　　话 /（010）68944451（大众售后服务热线）
　　　　　　（010）68912824（大众售后服务热线）

网　　　址 / http://www.bitpress.com.cn

版 印 次 / 2025 年 1 月第 1 版第 1 次印刷

印　　　刷 / 雅迪云印（天津）科技有限公司

开　　　本 / 710 mm × 1000 mm　1/16

印　　　张 / 9.5

字　　　数 / 92 千字

定　　　价 / 34.80 元